KB261141

나쁜소문

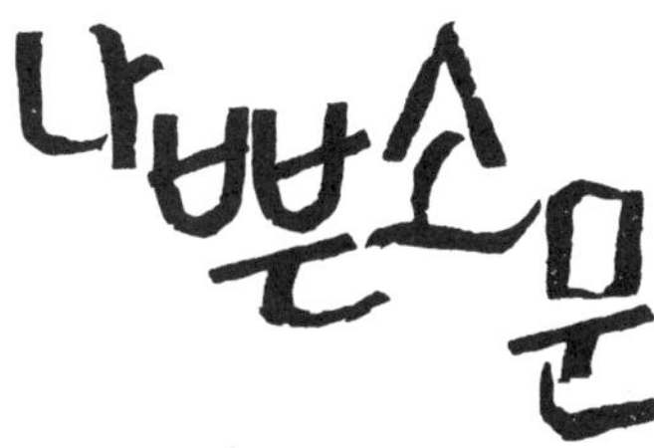

나쁜 소문

현월 소설

신은주 ─ 홍순애 옮김

문학동네

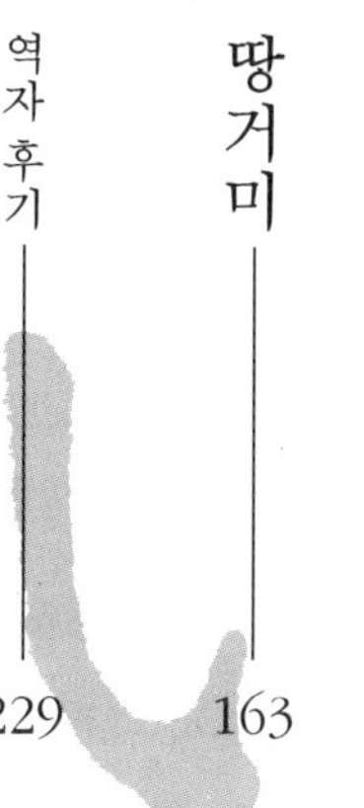

그때 동네 사람들은 먼 옛날 뼈다귀의 여동생이 남자들을 맞아들이

게 된 계기를 만들어준 것은 그 쌍둥이였다는 것을 생각해냈다.

쌍둥이는 어이없이 죽었는데, 그날 밤 누구나 쌍둥이한테 죽을 줄

알았던 뼈다귀가 살아남아 앞으로도 오래오래 살 것 같은 건 무슨

인연이 아닌가 싶어 더욱더 마음이 무거워지는 것이었다. 그리곤

머리에 떠올린다. 그때 현장에 있지 않았던 사람들의 뇌리에조차

깊이 새겨져서 이십 년이 지나도 색깔이 바래지 않는 영상을.

그 남자는 동네 사람들로부터 '뼈다귀'라고 불렸고 나쁜 소문이 많기로 유명했다.

있는지 없는지 모를 정도로 작은 눈과 솜털 같은 눈썹이 간신히 붙어 있는 매끈하고 하얀 얼굴, 시장바닥 인파 속에 들어가면 여자들 틈에 완전히 묻혀버릴 정도로 작달막한 키가 그의 나이를 알 수 없게 만들었다. 또한 이상할 정도로 발달한 상반신과 개구리처럼 휘어진 짧은 다리가 먼 데서 볼수록 우스꽝스러워, 그를 모르는 사람은 우선 생김새를 보고 웃다가 거리가 가까워지면 온순해 보이는 얼굴 때문에 더더욱 그를 깔보았다. 사실 그는 평소에는 아주 온순했다.

그러나 뼈다귀가 한 짓이라고 떠도는 소문을 조금이라도 아는 사람들은 되도록 그에게 다가가지 않으려고 했다. 생각지도 않은 일로 인해 원망을 사면 어떤 일을 당할지 모르기 때문이었다. 동네에서는 이삼 년에 한 번, 어떤 사람은 일 년에 두서너 번이라고 우기지만, 흉측한 사건이 일어났다. 그때마다 술집에 드나드는 입이 거친 건달들은 재미있어하며 뼈다귀와 관련시키려고 했다. 그러다보니 점점, 따로 범인이 밝혀진 사건인데도, 뼈다귀의 그림자가 달라붙은 채 안 떨어져 두려움에 술이 확 깨고 마는 것이었다. 그러나 어떤 일이 일어나도, 아무리 사람들이 뼈다귀가 한 짓이 틀림없다고 확신을 해도, 뼈다귀는 열여덟 살 때 저지른 폭행 사건을 빼고는 한 번도 꼬리가 잡힐 만한 증거를 남기지 않았다.

동네 한가운데를 흐르는 개천 주위에는 전쟁이 나기 전부터 한국 사람들이 많이 살고 있었고, 독특한 분위기 속에서 자란 한국 아이들 중에는 어른이 되고 나서도 못된 짓을 일삼는 놈들이 꽤나 있었다. 하지만 뼈다귀는 눈앞의 욕망을 만족시키기에 급급한 그들과는 전혀 차원이 달랐다.

아직 나이가 덜 찬 아래 세대 사람들은 뼈다귀를 잘 알지 못할지도 모르겠다. 오래 전부터 부모들은 아이들한테 개천가에 있는 뼈다귀 네 집 가까이 가지 말라는 말을 자주 했는데, 그 아이들이 부모가 되자 더이상 그런 말을 안 하게 되었다.

뼈다귀의 아버지가 그 집을 산 지 사십 년 가까이 된다. 전쟁이 끝나던 해에 태어난 뼈다귀는 그때 나이 열여섯이었다. 전쟁 전에 지어진 연립주택과 소규모 공장이 대부분이었던 당시의 동네에서는 눈에 띄게 멋진 집이었다. 이층짜리 작은 목조 건물이었는데, 돌로 된 대문 기둥에서 현관까지 놓인 붉은 벽돌길 양쪽으로 철쭉이 서 있고, 외벽에는 차분한 무광택 회색 타일이 덮여 있었으며, 넓은 서향 베란다에는 커다란 창문이 나 있고, 주차장에는 자동차 대신 항상 자전거와 리어카가 세워져 있었다. 지나가는 사람들은 잘 가꿔진 외관을 보고 내부도 깨끗하리라 상상하면서, 이게 그 뼈다귀의 집이라니, 하며 의아해하기도 했다.

그런데 이십이 년 전, 그 사건이 일어나고 일 년도 채 지나지 않아 대문 기둥짝은 부서지고 대문은 떨어져나갔다. 고양이의 분뇨장이 된 철쭉은 더이상 꽃을 피우지 않고 악취만 풍겼으며, 현관문의 베니어판은 표면이 벗겨져 늘어졌다. 창문은 항상 덧문이 닫혀 있었고, 지붕에는 기와 떨어져나간 자국이 듬성듬성했으며 주차장에는 키 높은 잡초가 무성했다. 이것이 이 집의 익숙한 풍경이었다.

그 집에는 지금도 뼈다귀와 그의 여동생이 살고 있는데, 사건 이후 뼈다귀의 모습을 본 사람은 거의 없다. 개천을 따라 지은 서향 집들에 석양이 물드는 봄이나 가을의 맑은 저녁, 베란다에 나와 바깥을 바라보는 뼈다귀를 근처에 사는 장사꾼이나 배달부가 일 년에 한두 번 보게 될 때가 있다. 그들은 가게 손님이나 거래처 사람들에게 뼈다귀 이야기를 할 때, 그는 여전히 살아 있는데 아직 죽기에는 이른 것 같아 보이더라, 삐삐 말랐지만 얼굴은 묘하게 윤기가 나더라, 어쨌든 지지리도 오래 사는구먼, 이라는 말을 이구동성으로 입에 담았다. 그리고 그들은 비굴하게 웃다가 그 사건을 떠올린다. 하지만 곧 그 사건이 아주 처참하고 특이했다는 생각과 함께 구체적인 영상이 머리에 떠오르면 불쾌감에 사로잡혀 후회를 하게 된다. 그때 사건 현장에 있었던 사람들은 그렇게 많지 않았는데도 어느 정도 나이를 먹은 동네 사람들은 누구나 비슷한 장면을 머릿속에 담고 있다.

뼈다귀의 여동생은 그 사건 이후, 일 주일에 한 번 근처의 조선시장에 가는 것말고는 외출을 하지 않게 되었다. 살 것은 정해져 있다. 통닭 한 마리와 약간의 야채와 마늘이다. 한 달에 한 번은 쌀도 산다. 이것으로 시장 사람들은 뼈다귀와 여동생이 삶은 닭 한 마리와 그 국물로 쑨 채소죽만으로 일 주일을 견뎌낸다는 사실을 알게 됐다.

그녀는 점점 더 물가에 민감해져서 평소보다 십 엔 비싸면 얼굴을 찌푸리면서 마지못해 돈을 냈고, 오십 엔 비싸면 손에 들고 이리저리 자세히 뜯어보다가는 다시 제자리에 놓곤 했다. 그래서 상점 주인들은 서로 의논하여 어쩔 수 없이 그녀에게만 가격을 고정시키기로 했다. 그래도 그녀는 의심스럽다는 듯 상점 주인이 부르는 가격과 상품을 몇 번씩이나 가늠해보고 나서야 머뭇머뭇 언제나 내는 금액을 지불한다. 매번 그러다보니, 상점 주인들은 심사가 뒤틀리기도 했다. 그러는 사이 물가가 급격하게 오르지는 않았지만 그녀와의 거래는 이런 방식으로 이십 년이나 계속되고 있었다.

젊었을 때 그녀는 유난히 포동포동하고 큰 엉덩이가 요염해서 지나가는 남자들의 눈길을 끌었다. 그러나 그 사건 이후 무섭게 살이 빠지더니 나이까지 먹어, 아직 쉰

인데도 여든 살이라 해도 이상하지 않을 만큼 늙어버렸다. 그런 그녀를 볼 때마다 동네 아낙네들은 무관심한 체하고 남자들은 복잡한 생각에 얼굴을 찌푸리기도 한다. 그러나 그녀를 불쌍하게 여기는 사람은 거의 없을 것이다.

뼈다귀에게는 료이치라는 조카가 있었는데 열두 살 때부터 이 년 동안 그 집에서 살았다. 그리고 사건이 일어난 그날 밤, 동네에서 사라졌다. 그날 밤 뼈다귀의 집에서 좀 떨어진 개천가 길바닥에 쭈그리고 앉아 있는 료이치를 본 사람들이 몇 있어서, 사건 내용이 밝혀졌을 때, 그 사람들은 료이치가 거기서 누구를 기다리고 있었는지 이상하게 여겼다. 거기에 계속 있었다면 분명히 미친 듯이 개천을 건너가는 양(梁)씨 형제의 모습을 보았을 것이다. 그렇다면 어떤 형태로든 그 사건과 그들이 관련이 있을 거라고 생각했을 테지만, 그것을 뒷받침할 만한 아무런 증거도 증언도 없었다. 결국 모두들 어차피 어린애라 아무것도 못 했을 거라고 생각해버리고 말았다.

료이치는 동네에서 사라진 지 반 년 후 한국계 은행의 뼈다귀 구좌에 팔만오천 엔을 송금했다. 그것을 한 은행 직원이 이야깃거리로 동네에 흘렸다. 사람들은 아직 중학생이니 신문배달이라도 한 거겠지, 알다가도 모를 애였는데 기특한 일이라며, 의심보다는 동정하는 목소리가 더 많았다. 그러나 날짜나 금액이 한 번도 틀리지 않고 매달 송금돼오자, 점점 무서운 느낌이 들기 시작했다. 송금을 하는 곳은 처음 몇 년 동안은 전국에 흩어져 있었지만 이윽고 도쿄로 정착하게 되었고 최근 십 년 동안은 한 은행의 지점에서만 송금되어왔다.

동네 사람들은 정보를 계속 흘려온 은행 직원을 구슬러 송금 장소를를 알아보게 했다. 그 결과 송금은 매달 자동이체되고 있으며, 그 보통예금 구좌에는 항상 천만 엔 정도의 잔액이 있다는 사실을 알아냈다. 놀란 동네 사람들은 이런저런 억측을 주고받았는데 그중에서 가장 믿을 만했던 것은 료이치는 위험부담이 큰 암거래에 손을 대고 있기 때문에 혹시 자신에게 무슨 일이 일어나더라도 십 년 정도는 송금이 끊기지 않도록 잔액을 유지하고 있을 거라는 추측이었다.

그렇구나, 하고 누구나 일단은 납득했다. 그러나 곧 팔만오천 엔이라는 어중간한 금액이 이십이 년간 매달 말일에 송금되고 있다는 사실, 그리고 앞으로도 십 년은 계속될 거라는 확신 앞에서 사람들은 이유 없는 두려움을

맛보는 것이었다.

*

나는 왜 여기 있을까? 어두운 개천가 길바닥에 쭈그리고 앉아 다리를 건너는 사람들을 응시하고 있다. 추워서 목까지 올린 점퍼 속에 양 무릎을 집어넣고 동그랗게 눈을 뜨고 있는 오뚝이처럼 앞을 노려보고 있다. 아직 여덟시경이라 오가는 사람들도 적고, 어둠 속에 쭈그리고 앉아 있는 나를 보고 으악, 하고 놀라 소리치는 사람도 있다.

쌍둥이 양씨 형제가 가나코를 데리고 다리를 건넌 지오 분은 족히 지났다. 그런데 나는 여기서 도대체 뭘 기다리는 거지? 삼촌이 나타나기를 기다리는 건가? 아니, 아니다. 삼촌은 양씨 형제 손에 죽었을 것이다. 양씨 형제가 이쪽으로 건너올 때, 뚱뚱한 형이 오른손을 점퍼 안쪽에 찔러넣고 있었다. 그건 놈이 늘 가지고 다니던, 식칼이 든 칼집임이 틀림없다. 날이 가늘고 끝이 뾰족한 식칼. 삼촌은 그걸로 당했을 거다. 틀림없다. 갈 때 놈들은 어둑어둑해서 잘은 안 보였지만, 무서운 표정을 짓고 있었다. 그런데 올 때는 왁자지껄하게 떠들어대며 축 늘어진 가나코를 헐렁한 주머니처럼 질질 끌고 왔다.

그런데 나는 왜 여기 있지? 집으로 달려가서 삼촌의 시체를 치워야 할 텐데. 고모는 어떻게 되었을까? 양씨 형제한테 참혹하게 당했을까? 할머니는 설마 모르는 척하면서 텔레비전만 보고 있지는 않았겠지.

여기서 집은 안 보인다. 나는 일부러 이런 곳에 진을 쳤다. 그러나 양씨 형제네 가게가 있는 조선시장으로 통하는 다리는 잘 보인다. 만일 삼촌이 살아 있다면 복수하기 위해 이 다리를 건널 것이다. 그때 나도 따라가야지…… 하지만 그런 일이 있을 거라고는 생각하지 않는다. 그런 일이 있을 리가 없잖아.

삼촌은 죽었을 것이다. 분명하다. 그리고 나는 결코 잊지 않겠다. 삼촌과 함께 처음 이 다리를 건너던 날의 일을. 이 년 전 3월 26일, 오늘과 같은 날짜라니 놀랍다. 다시 태어났다고 마음속 깊이 생각했던 그날이 모든 것의 시작이었다.

어느 날 오후, 우리는 삶은 돼지고기를 사러 개천을 건너 조선시장에 갔었다. 수육가게 아줌마가 가게 안쪽을 향해 "뼈다귀가 왔어!"라고 하자, 한 남자가 못마땅한 표정으로 건드렁대며 나타나더니 신문지로 싼 큼지막한 뭉치를 삼촌에게 건넸다.

나는 뼈다귀가 무슨 뜻인지 몰랐지만 가게 아줌마의 어눌한 억양 때문에 어른 별명치고는 우스꽝스럽게 들렸다. 뼈다귀의 뼈가 아니라 귀에 액센트를 두고 모음을 길게 발음하다보니 '뼈다귀이'라는 이상한 소리가 되었는데, 삼촌이 어렸을 때 늘 닭뼈를 씹어먹어서 그런 별명이 지어졌다고 한다. 나는 그것을 언제쯤 알았을까?

삼촌은 신문지로 싼 것을 받아들고 다음은 통째로 구운 도미와 상표가 붙지 않은 병 막걸리를 한 되 샀다. 불쑥 나타낸 삼촌에게 가게 주인들은 아무 말도 없이 준비해놓은 물건들을 건네주었다. 그리고 한 번도 돈은 주고받지 않았다. 삼촌은 그때 급한 일로 현금이 없어 특별히 외상을 했다는 걸 나는 나중에 알았다. 그런데, 건어물상에서 참기름을 사려고 할 때는 현금이 아니면 안 팔겠다고 거절당했다. 삼촌은 아무 말도 안 하고 조용히 나왔다. 다리를 건널 때, 참기름은 미리 주문해놓은 게 아니니까, 하며 변명하듯 중얼거렸다.

돌아오는 길에 삼촌은 가끔 수육 덩어리를 바꿔들고 신문지에 스며든 돼지고기 기름으로 끈적끈적해진 손바닥을 혀로 슬쩍 핥았다. 그 손을 바지 뒷주머니에 반쯤 쑤셔넣은 수건에다 쓱쓱 문지르고는 생선과 술을 안고 있는 내 어깨에 올려놓고 지나가는 자동차나 자전거를 먼저 보내기 위해 밀거나 끌거나 했다. 키도 비슷한데 어린애 취급을 당하는 게 처음엔 이상했지만, 어깨에 놓인 손이 묵직하고 따뜻해 오히려 기분이 흐뭇해졌다.

반찬거리를 사온 건 아버지 환송회를 위해서였다. 아버지는 어머니와 이혼하고 나를 할머니 집에 맡기러 와 있었다. 아버지는 한밑천 잡겠다며 일단 다랑어잡이 배를 탈 작정이었다. 어려서 제주도에서 건너올 때 어두운 배 밑바닥에서 많은 사람들이 멀미를 하며 토했는데 혼자 아무렇지도 않았던 걸 보면 뱃일이 자기한테는 꼭 맞는다고 했다.

아버지는 막걸리를 마시면서 한국말을 섞어가며 무어라 떠들어댔다. 그 자리에 있던 사람은 삼촌과 고모와 할머니뿐이었다. 모두 얌전히 아버지 이야기를 듣고 있었다. 고모는 엉거주춤 안절부절못하고 있었다. 엉덩이가 반쯤 떠 있었다. 엉덩이에 뭔가 끼기라도 한 것 같았다. 할머니는 반도 안 남은 이로 돼지고기를 질겅질겅 씹다가 술을 마셔 삼켰다. 나는 이때 처음 할머니를 꼼꼼히 보았는데, 다리를 감싸안고 몸을 동그랗게 오무리면 흐트러진 백발 머리통이 쏘옥 들어갈 것같이 빼빼 마르고 작은데도, 음식을 먹을 때면 입을 벌리고 쩝쩝 소리를 내는 게 살려고 바둥거리는 것 같아 보기 흉하고 혐오스러웠다.

아버지와 삼촌은 열두 살이나 차이가 나고 같이 산 적은 거의 없었다. 또한 아버지는 평소 부모나 형제를 잊고 살았기 때문에 서로 왕래도 거의 없어 내가 여기에 와본 것은 그전에 한 번밖에 없었다. 삼촌은 그때 서른 살이었는데 아버지는 그걸 아는지 모르는지 삼촌을 완전히 어린애 취급했고, 나에게 하듯 말대꾸하는 걸 절대 용납하지 않았다.

삼촌과 고모가 일본에서 태어난 것도 아버지가 열등감을 가지게 된 원인의 하나가 되었을 거라고 나는 생각한다. 아버지는 한국어 말투가 강해서 일본 사람 앞에서 말할 때는 꽤 신경을 썼고, 삼촌과 고모에게는 입만 벌리면 '너희들은 쪽발이'라고 했기 때문이다.

아버지는 점점 험악해져갔다. 원래 술버릇이 나쁜데다가 이혼 이후 더 심해졌다. 게다가 다들 고분고분하니까 더욱더 기세가 등등해져 삼촌의 멱살을 잡기도 하고 고모의 머리카락을 잡아끌기도 했다. 더 취하자 탁자 위에

있는 물건을 손으로 죄다 밀어 떨어뜨리고는 다시 주워
던졌다.

　나는 아버지가 이럴 때마다 항상 울었다. 아버지가 이
세상 모든 것을, 온 세계를 완전히 파괴해버리는 게 아닐
까 하는 공포에 시달렸다. 이윽고 아버지는 엄마에게 한
것처럼 누군가를 때리기 시작하겠지. 나는 꼼짝달싹 못
하고 얻어맞을 것이다. 내가 할 수 있는 일이라곤, 나만
참으면 온 세계가 몽땅 파괴되기 전에 아버지의 마음이
가라앉게 될 거라고 자신을 타이르는 것뿐이었다.

　그렇게 엎드려 기도하듯이 손가락을 끼고 있다가 문득
삼촌이 얻어맞는 건 아닐까 싶어 얼굴을 들었다. 삼촌은
큰 프라이팬을 손에 들고 일층 부엌에서 막 올라왔다. 그
리고는 아버지 뒤로 가서 머리 꼭대기를 힘껏 내리쳤다.

　삼촌은 기절한 아버지를 끌다시피 해 안방으로 옮겼
다. 돌아와서는 눈물을 참느라 눈을 부릅뜨고 있는 나의
머리를 쓰다듬어주며 자라고 했다. 나는 몸을 움직일 수
없어서 그 자리에서 그냥 삼촌의 얼굴을 쳐다보았다. 나
는 흥분하고 있었다. 이 세상 그 누구도 말릴 수 없을 거
라고 생각했던 아버지가 메뚜기 대가리 찌부러지듯 당한
것이다.

가구도 하나 없는 네 평 남짓한 방에 이불이 세 채 깔려 있고, 가운데에 아버지가 자고 있었다. 나는 잠옷으로 갈아입고 이불 속으로 들어갔다.

희미한 어둠 속에서 바로 누워 코를 골며 자는 아버지의, 찌부러지지 않았고 꿈이라도 꾸고 있는 듯한 머리를 응시하면서 방 밖에서 들려오는 소리에 귀를 기울였다. 들릴락 말락 하는 말소리, 식기 부딪는 소리, 수도꼭지 트는 소리, 누군가 이층을 걷는지 삐걱거리는 소리, 그런 소리들은 어디서나 들리는 흔한 소리였지만, 분명히 지금까지 내가 살던 집의 소리는 아니었다. 나는 그제서야 겨우, 앞으로 이 집에서 살게 된다는 것을 실감했다.

이 자각이 인도해준 한 가지 확신(나는 이 표현이 아주 마음에 든다)을 나는 결코 잊지 않을 것이다. 절대적인 존재로서 우뚝 솟아 있던 아버지를, 프라이팬을 내려치는 것만으로 꼴사납게 끌려가는 고깃덩어리로 바꾸어버린 삼촌의 행동은 주술에 묶인 나를 간단히 풀어주었다. 그리고 이 역전극은 그후 내 인생관을 결정했다. 나는 앞으로 어떤 경우에도 내 생각대로 행동할 수 있는 프라이팬을 가지게 되었으며, 아버지로부터도 아버지의 공포로부터도 벗어나 내일부터 전혀 새로운 인생을 살기 시작할 것이다!

이런 생각에 몰두해 있다가 할머니가 방에 들어오신 것도 알아채지 못했다. 할머니가 이불 끝자락을 밟아 깜짝 놀랐지만 마음이 흐트러지지는 않았다.

"할머니, 제가 사월부터 다닐 학교 이름이 뭐예요?"

할머니는 놀랐는지 순간 말문이 막혀 우물거렸다. 내가 먼저 말을 건 게 처음이라서 그랬을 것이다. 안정을 되찾은 할머니는 쌀쌀맞게 말했다.

"글쎄, 니 삼촌한테 물어보지 그러냐?"

할머니가 코를 골기 시작하자 나도 서서히 잠이 오기 시작했다. 피곤한 근육과 뼈가 흥분된 머리를 천천히 진정시켜가는 것이 느껴졌다. 이 느낌은 아이의 것 이상이라는 생각이 들자, 내 자신이 대견스러웠다. 졸면서 들은, 누군가 현관으로 들어오는 소리나 계단을 올라가는 몇 사람의 발소리, 어린 계집아이가 흐느껴 우는 듯한 희미한 신음 소리, 전 같으면 궁금해서 잠을 못 이뤘을 그런 소리들조차 자장가처럼 들렸다. 확실히 변해가는 자신을 느끼면서, 나는 이 집에서의 첫날 밤, 깊은 잠에 빠져들었다.

그 집에서 살기 시작한 지 사흘째 되던 날이었다. 오후에 나는 커다란 배달용 짐받이가 달린 대형 자전거를 타고 나갔다. 짐받이에는 '다카야마 상점'이라는 명찰이 달려 있었다. 할아버지가 고철상을 할 때의 가게 이름이란 걸 나중에 알았다.

개천가 길을 남쪽으로 오백 미터 정도 가면 버스가 다니는 큰길이 나온다. 거기를 오른쪽으로 돌아서 반대쪽 개천가를 북쪽으로 달렸다. 전날처럼 오늘도 동네를 좀 둘러보자는 생각에서 강을 중심으로 동네를 여기저기 헤맸다.

이 동네는 겨우 자동차 한 대가 지나갈 수 있을 정도의 길이 바둑판처럼 나 있고, 이층집이 줄지어 서 있는 곳에는 햇볕도 잘 안 들어오는 동네였다. 비가 갠 후의 쌀쌀한 날씨 때문인지 습하고 어둡고 음침하게 느껴졌다.

또래쯤으로 보이는 지나가던 아이들은 나 따위는 신경도 안 쓰거나 시선이 마주쳐도 노려보는 게 고작이었는데, 어른들 중에는 나를 물끄러미 쳐다보거나 훔쳐보는 사람도 있었다. 그렇지만 신경이 쓰일 정도는 아니었다.

그러는 사이에 조선시장 입구에 도착했다. 시장이라해도 상가처럼 아케이드로 되어 있고 입구에서는 끝이안 보인다. 폭이 사 미터 정도되는 길 양쪽에 김치나 나물, 삶은 돼지고기, 치마 저고리를 파는 가게들이 즐비하고, 가게와 가게 사이의 좁은 공간에 쭈그리고 앉아 채소나 말린 생선을 파는 할머니들이 있다.

뒤를 돌아다보니 다리 위에도 몇 사람 쭈그리고 앉아 돗자리에다 해삼이나 고사리를 늘어놓고 있었다. 그저께 삼촌과 함께 다리를 건널 때에는 신경도 쓰지 않았었다. 흰색 치마 저고리를 입은 할머니도 있지만 몸뻬에 솜옷을 입은 사람도 있다. 다들 머리에 흰 두건을 쓰고 거무스름하게 탄 얼굴에는 짙은 주름이 패 있다. 파리를 쫓는 모기향 냄새와 시큼한 마른 생선 냄새가 섞여 코를 찔렀다. 한국어에 일본어 단어가 섞인, 귀에 익은 독특한 말이 오가고 있었다. 다시 뒤를 돌아보고 시장을 둘러보았다. 문득 여기는 한국 사람들이 사는 동네가 아니라 제주도 사람들이 사는 동네라고 한 아버지의 말이 생각나, 아케이드의 끝은 제주도 시장과 이어져 있을 거라 상상해보았다.

내 옆으로 소형 트럭이 비집고 들어와 붐비는 시장 사람들 사이를 헤치며 천천히 나갔다. 어제는 자전거를 타고 시장 안으로 들어가는 게 망설여졌는데, 오늘은 슬쩍 소형 트럭 뒤를 따라 들어갔다.

어른들이 나를 보고 있다. 나는 그 시선을 의식한 탓에 닿지 않는 페달을 잽싸게 돌리며 자전거를 몰았다. 삼촌과 장을 보러 왔을 때는 주위에 전혀 신경을 쓰지 않았는데 그때도 지금처럼, 아니 어쩌면 더 강한 시선으로 우리를 보았을 것이다. 나는 혼자서 시장에 온 것을 후회했다. 신경을 쓰면 쓸수록 긴장이 되어 앞을 제대로 볼 수가 없었다. 트럭이 갑자기 멈춘 것을 몰랐다. 나는 얼떨결에 균형을 잃고 땅바닥에 나뒹굴고 말았다.

나를 내버려두고 다시 달리기 시작한 소형 트럭을 원망스럽게 쳐다보는데, 주위에 있던 어른들이 숨죽인 듯 동작을 멈추고 있다는 걸 알았다.

순간 혀뿌리 깊숙한 곳에서 치밀어오는 오한이 전신을 감싸 나는 부들부들 몸을 떨었다. 울음이 터지면 어쩌나 걱정했는데 이렇다 할 느낌도 없었고, 무엇보다 빨리 이곳을 떠나고 싶다는 마음에 땅바닥에 손을 짚고 팔에 힘을 주었다. 제대로 힘을 쓸 수 없었다. 어른들이 일제히 달려왔다.

"말할 수 있겠어? 머리는 괜찮니? 뭐라고 대답 좀 해 보거라."

앞치마를 두른 팔이 굵은 남자가 내 머리를 끌어안고 다급하게 말했다. 나는 아기처럼 안긴 게 창피해서 말이

안 나왔다. 남자는 주위를 둘러보며 구급차를 부르라고 소리쳤다. 더이상 못 견디겠어서 크게 몸부림을 쳤다. 뜻밖에 몸은 쑤욱 빠져 발이 쉽게 땅에 닿았다. 그리고 중년 여자가 일으켜 세워 붙잡고 있는 자전거를 잡아챘다. 하지만 단번에 올라타지 못했다. 나는 자전거를 밀고 달리기 시작했다.

정신없이 자전거를 밀고 집에 도착할 때까지 얼굴이 화끈거렸다. 전신주나 사람에게 몇 번이나 부딪힐 뻔했다. 현관에서 숨을 가라앉히고 나서 거실로 들어가 고타츠* 안으로 다리를 뻗고 드러누웠다. 할머니는 나를 힐끗 쳐다볼 뿐이었다. 고모가 내 주위를 자꾸 왔다 갔다 했지만 아무 말도 하지 않았다.

몸의 마디마디가 아파서 몇 번이나 몸을 뒤채다가 갑자기 의식을 잃었다.

그리고 보니 그날은 처음으로 닭죽을 먹은 날이었다. 생각만 해도 냄비에서 솔솔 솟아오르며 코끝을 간질이는 김의 감촉이 되살아난다. 아아, 다시는 그걸 먹을 수 없겠지.

---

* 일본의 난방기구로 전열기가 부착된 탁자형 난로. 이불을 덮어 씌워 사용함.

삼촌이 하는 일은 날품팔이 막노동이라 매일 일이 있는 것은 아니었지만, 어쨌든 저녁 여섯시쯤 되면 항상 큰 냄비가 끓었다. 내장을 제거한 통닭의 똥구멍으로 마늘을 잔뜩 밀어넣고 실로 꿰맨 다음 삶는다. 쟁반에 담은 삶은 닭을 칼로 자르는 일은 삼촌이 맡았다. 해체가 시작되면 형태가 일그러진 마늘이 쏟아져나오는데 나오는 족족 집어 먹는다. 매운맛은 없고 오히려 단맛이 났으며 입안에 약간의 섬유질을 남기고 녹아버린다. 닭고기는 소금이나 초장을 찍어 먹는다. 삼촌은 담백한 가슴 부분은 나나 고모에게 주고 자신은 가슴에서 날개까지 붙은 고기나 넓적다리의 작은 뼈 사이의 살을 혀를 내밀고 뜯어 먹다가 마지막에는 뼈를 오도독 오도독 씹어 먹는다. 닭뼈는 목에 찔려 개한테도 안 주는데, 라며 닭껍질밖에 안 먹는 할머니가 껍질을 질겅질겅 씹으며 중얼거려도 삼촌은 못 들은 체한다.(하루 종일 해봐야 할머니의 입에서 나오는 유일한 말이었는데.) 고기를 거의 다 먹고 나면 닭 삶은 국물로 쑨 죽에 남은 고기를 풀어넣는다. 여기에 무나 당근이나 표고버섯이 들어간다.

그날 밤 처음 죽을 한 입 먹었을 때, 너무 맛있어 감격한 나머지 나도 모르게 고모의 얼굴을 뚫어지게 쳐다보았다. 특별하진 않았지만 기름과 마늘과 소금의 조화가 절묘했다. 고모는 내 시선을 알아차리고서는, 입에 맞을지 모르겠다며 눈을 내리뜨고 중얼거렸다. 그후로 이년 동안 거의 이틀에 한 번 이 요리를 먹었지만 물린 적은 한 번도 없었다.

닭죽 맛에 만족한 나는 낮에 있었던 일을 완전히 잊어버리고 있었다. 텔레비전도 보고 목욕도 하고 나니 열시가 됐다. 현관문을 두드리는 소리가 났다. 고모가 나갔다가 잠시 후에 들어오더니 삼촌 귓가에 대고 무언가 속삭였다. 설마 내 일이 문제가 된 줄은 몰랐다.

"너 오늘 시장에서 넘어졌냐?"

삼촌이 다그치듯 물었다. 반들거리는 얼굴에는 아무런 표정도 없었다. 부끄러움이 되살아나 순간 얼굴이 빨개졌다. 그리고 곧 두려워졌다. 시장에 갔다고 야단맞을 줄 알았다. 변명을 하려고 말문을 열었는데 웬일인지 시비조가 되어버렸다.

"그래. 소형 트럭에 부딪쳐 넘어졌단 말이야! 그래서 곧바로 달려 온 거야. 그게 어쨌다는 거야? 난 잘못한 거 없어!"

나는 일어나서 내 방으로 갔다. 전깃불을 켠 채 이불을 펴고 담요를 뒤집어썼다. 그때는 이미, 수치심과 공포를 얼버무리려고 그런 행동을 한 나 자신에게 혐오감을 느끼고 있었다. 일어나 삼촌한테 가서 사과를 해야지. 그런데 몸이 움직이지 않았다. 그런 건 내일 하면 된다고 생각을 바꾸었다.

잠시 후 고모가 들어왔다. 자세를 갖추고 기다리는데 좀처럼 말을 꺼내지 않아 짜증이 나서 몸을 일으켰다. 고모는 흠칫 하고 뒷걸음질치면서 빠르게 말했다.

"시장 사람이 네가 다치지 않았나 걱정이 돼서 오셨단다. 괜찮다고 대답했는데 그걸로 됐겠지?"

발끈해서 일어나긴 했지만, 정작 뭘 하고 싶은지 몰라, 하는 수 없이 와! 하고 소리를 질렀다. 고모는 아이구, 하면서 도망치듯이 방을 나갔다.

나는 숨이 차서 그 자리에 그냥 서 있었다. 무턱대고 흥분하다니. 오늘은 아무래도 제정신이 아니다. 가서 사과해야겠다. 방문을 열고 나가려는데, 열린 장지문 사이로 삼촌이 나타났다. 삼촌은 내가 말할 틈도 주지 않고 내 양 어깨를 움켜쥐고는 순식간에 벽에다 밀어붙였다.

"료이치, 너 아직도 화가 나 있지? 분노를 가슴에 담고 있는 거지? 그렇지?"

무표정한 가면 같던 삼촌 얼굴에 표정이 있었다. 성긴 눈썹과 눈썹 사이에 주름이 잡히고 한껏 크게 뜬 작은 눈은 충혈되어 있었다. 오른쪽 입가가 약간 위로 올라갔고, 오른쪽 뺨에 희미하게 경련이 일었다. 그러나 목소리는 온화했다.

삼촌이 정말 화가 났는지는 몰랐지만, 벽에 밀려 서 있는 게 마음에 안 들어 뾰루퉁한 얼굴로 아니라고 했다.

"거짓말 하지 마! 화내고 있지? 화 안 난다는 게 말이 돼? 화를 내란 말이다. 계속해서 화를 내!"

삼촌 목소리는 여전히 온화했지만, 양쪽 어깨를 잡은 손에 갑자기 힘이 들어가자 내 다리는 허공에 붕 뜨고 말았다.

아버지에게조차 느껴본 적이 없는 힘이었다. 나는 삼촌의 힘을 가볍게 보고 있었기 때문에(어쨌거나 키가 나하고 같았으니까), 별안간 무서워져서 얼굴이 화끈거리고 울음이 터질 것만 같았다. 아버지가 당하기 전이었다면 틀림없이 울었을 것이다. 그렇지만 이제 나는, 특히 삼촌 앞에서는 울 수가 없다. 삼촌과 눈이 마주치지 않도록 옆을 보고 힘껏 외쳤다.

"이젠 화 안 난다고 했잖아!"

삼촌은 나를 내려놓고 방구석에 던져놓았던 점퍼를 집 어들더니 내밀었다.

"따라와."

먼저 걷기 시작한 삼촌은, 내가 움직이지 않고 가만히 있자 되돌아와서 내 손을 잡아끌고, 거실에서 색 바랜 가 죽점퍼를 집어들고 그냥 밖으로 데리고 나갔다.

바깥은 추웠다. 나도 삼촌도 점퍼 안에 얇은 실내복을 걸쳤을 뿐 맨발에 슬리퍼 차림이었다. 목욕통이라도 들고 있었으면 꼭 목욕하고 오는 사람들처럼 보였을 것이다.

우리는 개천가 길을 따라 북쪽으로 걸어가다가 신호등 을 건너 철로 고가도로 밑으로 빠져나갔다. 삼촌의 걸음 은 매우 빨랐기 때문에 따라가기가 힘들었다. 술 파는 가 게 앞에서 걸음을 멈춘 삼촌은 자동판매기에서 컵에 든 청주를 뽑았다. 나중에 삼촌이 술을 거의 안 마신다는 걸 알았지만, 몸 속에 흘려넣듯 사분의 삼을 마시고 나더니 남은 술을 나에게 건네주었다. 나는 단숨에 다 마셔버렸 다. 술 마시는 게 처음은 아니었지만, 미지근한 액체가 목을 지나가는 순간 뇌에까지 찡하게 전해오는 느낌이 들면서 추위로 굳어진 몸에서 힘이 쭈욱 빠져나갔다. 그 러자 온몸이 근질근질거리면서 가렵고 화끈거리더니 홍

분한 개처럼 발버둥이 쳐지고 숨이 가빴다.

오른쪽으로 돌아가니 초등학교가 나타났다. 거기서 삼촌은 나를 기다리게 하고는 키보다 높은 벽돌담을 쉽게 타고 넘었다.

기다리는 것이 불만스러웠다. 나도 벽돌담을 타고 넘으려고 했다. 그러나 힘을 전혀 줄 수가 없었고, 담 건너편으로 얼굴을 내밀기조차 어려웠다. 숨이 차서 그 자리에 주저앉았다. 머리가 뜨겁고 띵했다. 막 졸기 시작했을 때 담 너머에서 부르는 소리가 들렸다.

"료이치, 이거 받아라. 버둥댈 테니 조심해라. 지퍼는 채워놓았으니까 양끝을 접어서 들면 돼."

삼촌이 담 너머로 가죽점퍼를 둥글게 뭉쳐서 내밀었다. 소리를 들으니 닭이었다. 조심스럽게 받아들어 배에 대고 꼭 껴안았다.

삼촌은 담을 타고 넘어오더니 곧바로 달리기 시작했다. 나는 쫓아갈 수가 없었다. 삼촌이 멈춰서 왜 그러느냐고 물었다.

"왠지 술에 취한 것 같아요. 힘들어."

삼촌은 되돌아와서 별로 움직이지도 않고 소리도 안 나는 둥글게 뭉친 가죽점퍼를 받아들었다. 우리는 나란히 서서 천천히 걷기 시작했다.

그제서야 달이 밝은 걸 알았다. 차가운 바람이 제법 세게 불어 도랑에 뜬 기름이 잔물결에 흔들려 달빛에 반짝였다. 가로등 주위를 박쥐 두 마리가 날아다니고 있었다. 왠지 모를 즐거운 풍경을 보면서 차갑고 들뜬 것 같은 다리만 미끄러지듯 앞으로 나갔다.

조선시장이 가까워졌다. 여자들이 탄 자전거 두 대가 우리를 앞질러 시장 안으로 들어갔다. 우리는 다리 옆에 웅크리고 앉아 있다가, 자전거가 사라지자 아케이드 안으로 들어갔다. 도착한 곳은 건어물상 앞이었다. 셔터는 굳게 닫혀 있었다. 말아 올리는 텐트 철봉에는 마른 생선을 매다는 철사가 몇 줄 드러워져 있었다.

점퍼 속의 닭은 벌써부터 아무 소리도 내지 않았다. 그런데도 삼촌은 신중하게 닭의 모가지다 싶은 데를 손으로 더듬어 붙잡고 점퍼를 서서히 열었다. 그러나 삼촌이 잡고 있던 것은 다리였기 때문에 점퍼가 반 정도 열리자 닭이 요란하게 울어대기 시작했다.

삼촌이 그렇게 당황한 모습을 본 적은 전에도 후에도 없고 이때뿐이었다. 삼촌은 버둥대며 뛰쳐나가는 닭을 잡으려고 점퍼가 휘감긴 손으로 몇 번이나 허공을 더듬

다가 겨우 잡아서는 주둥이를 뒤틀듯이 움켜쥐었다. 그리고 흥분한 목소리로 나에게 지시했다.

"바지 오른쪽 주머니에 칼이 있으니까 꺼내!"

나는 그제서야 삼촌의 의도를 알았다. 삼촌은 내가 시장에서 넘어졌던 걸 구실 삼아 이틀 전에 건어물상 주인이 참기름을 팔지 않은 것에 대한 보복을 하려는 것이었다. 내가 넘어졌을 때 주위에는 건어물상 주인이 없었는데도.

삼촌이 시키는 대로 칼을 꺼냈다. 길이 십 센티 정도의 접는 칼이었다. 나는 지시를 받기 전에 칼날을 빼내 닭모가지에 갖다 대고 찌르려고 했다.

"서두르지 마."

삼촌은 작은 소리로 이렇게 말하고는 쭈그리고 앉더니 닭모가지를 땅바닥에 꼭 갖다 댔다.

"여기서 잘라."

나는 닭모가지에 칼날을 대고 힘껏 눌렀다. 그러나 털이 촘촘히 박혀 있어 미끄러지기만 할 뿐, 감촉으로 미루어보건대 간단히 자를 수 없다는 걸 알았다.

"발로 밟아."

나는 오른손으로 칼을 누른 채, 왼발로 힘껏 칼등을 밟았다. 자세가 안 좋아 제대로 힘을 줄 수가 없었다.

얼굴을 들어 삼촌을 쳐다보았다. 뜻밖에도 삼촌의 얼굴은 온화했다. 희미하게 웃고 있는 것 같았다. 그러나 다음 순간 쭈그리고 앉은 채 오른발을 들고는 초조함이 배어 있는 엄청난 힘으로 내 발을 힘껏 밟았다. 닭모가지가 뒹굴고, 몸통에서는 순간 핏줄기가 솟구치더니 이어서 땅바닥에 질펀하게 번져갔다.

삼촌은 쉬지 않았다. 닭다리를 들고 일어나서, 말아올리는 텐트 철봉에 드러워진 철사에다 묶었다. 모가지가 떨어져나간 닭은 아직도 다리를 움직이고 있었는데, 핏줄기가 몇 가닥의 비비 꼬인 실처럼 떨어지기 시작했다. 핏줄기는 곧 기세를 잃고 똑똑 떨어지더니 더이상 꼼짝도 안 하게 되었다. 삼촌은 닭의 배에 칼을 푹 찔러넣고 모가지 있는 데까지 쭈욱 베어 갈랐다. 뱃속에 손을 넣어 내장을 꺼내자 닭은 완전히 힘을 잃었다. 동그랗고 작은 노란 덩어리 몇 개가 피가 괸 땅바닥에 떨어져 깨졌다.

삼촌은 닭대가리를 셔터 문에 뚫린 우편물 투입구에 처넣었다. 그때, 새끼고양이 한 마리가 와서 피가 괸 곳에 코끝을 갖다 댔다. 삼촌은 발 밑을 보지도 않고 아무렇게나 고양이 대가리를 꽉 밟았다. 다리에다 모든 체중을 실었다. 고양이 귀에서 하얀 똥이 흘러나왔다.

술에 취해 멍한 머리에는 아무런 느낌도 일지 않았다. 지금 우리가 하는 짓을 그냥 지켜보고 있었다. 문득, 길 가는 사람들이 우리의 이런 모습을 보면 얼마나 우스꽝스러울까, 하는 생각에 절로 웃음이 났다. 그리고, '이게 도대체 무슨 짓이람' 하고 입 속으로 중얼거리자, 가슴속에, 내 자신이 이미 이 일에 발을 들여놓은 거라는 자각과 함께, 더이상 가만히 있을 수 없는 생각이 몸 속이 채워져, 삼촌을 그 자리에 남겨둔 채 전속력으로 뛰기 시작했던 것이다.

다리를 건너 왼쪽으로 돌아갈 때, 다리를 높이 쳐들고 가슴을 뒤로 젖힌 채 뛰어오는 삼촌의 모습이 눈에 들어왔다. 나는 있는 힘을 향해 달리면서, 가슴을 쥐어뜯고 싶을 정도로 웃음이 목젖까지 치밀어오르는 것을 느꼈다. 그런데 참지 않고 토해내니까, 헉헉 하는 숨찬 신음 소리밖에 되지 않았다……

*

뼈다귀의 아버지는 고철상을 생업으로 하고 있었는데,

부지런하지도 않았고, 식구보다 자신을 우선하는 사람이었다. 일꾼으로 기대했던 장남이 제멋대로 집을 나갔기 때문에 가족들은 어쩔 수 없이 개천가의 목재창고 이층에 있는 세 평 남짓한 단칸방에서 셋방살이를 하고 있었다.

목재창고 옆에는 건축자재 보관소가 있었는데, 가족들은 그 한구석에서 십여 마리의 닭을 사육해 달걀을 팔아서 생계를 잇고 있었다. 그리고 두서너 달에 한 번은 한 마리씩 잡아서 쌀이나 채소와 함께 푹 고아 먹었다. 뼈다귀의 어머니는 어떤 일에도 태연한 성격이라 남편을 원망하지도 않았고, 아이들을 굶겨 죽이지만 않으면 된다는 식이었다. 어쩔 수 없을 때는 초등학생인 뼈다귀와 여동생을 데리고 동부도매시장까지 가서 장이 끝난 후 주위에 흩어져 있는 채소 찌꺼기나 상해서 버린 생선을 주워 모았다. 차림새가 너무 볼썽 사나운 탓에 식칼을 휘두르며 야단을 치고 내쫓는 시장 사람도 있었다. 하지만 그 당시는 모두가 가난했기 때문에 온 식구가 나와서 시장 바닥을 돌아다니며 떨어진 찌꺼기들을 줍는 건 흔히 볼 수 있는 광경이었다.

그러나 뼈다귀만큼 더러운 아이는 없었다고 동급생들은 기억하고 있다. 옷에 때가 묻어 누더기처럼 된 것은 그렇다 쳐도, 똥을 누고 한번도 똥구멍을 닦은 적이 없다고 자랑스럽게 말하는 것도 웃으며 흘려버릴 수 있어도, 얼굴은 물론이거니와 온몸에 돋아난 종기에서 항상 고름이 흐르는데도 태연스러운 뼈다귀의 모습에는 모두들 치를 떨었다.

그때 동네 가운데를 흐르는 개천도 폐수가 쌓일 정도는 아니어서, 여름이 되면 아이들은 악취 나는 개천에 아무렇지 않게 들어가 헤엄을 치거나 작은 물고기를 쫓거나 했다. 뼈다귀도 다른 아이들과 같이 개천에 들어가 어울려 놀았다. 하지만 그때 같이 놀던 아이들도 물이 더러운 것은 아랑곳하지 않으면서도 결코 뼈다귀보다 하류로 내려가지는 않았다.

그러나 뼈다귀를 구박하고 무시한 기억을 가진 사람은 그리 많지 않다. 있다고 해도 단 한 번뿐이고 별로 재미있는 일이 아니어서 두 번 다시는 하지 않았다. 그 이유를 깊이 생각한 적은 없지만, 뼈다귀는 상상이 안 갈 정도로 천진난만하고 곧은 성격이라는 것은 모두가 인정하고 있었기 때문이다.

아이들이 아홉 살이 된 그해 여름, 개천 둑에 나란이 서서 소변을 보다가, 뼈다귀의 성기가 이상한 것을 알아차렸다. 늘 눈에 익은 우멍거지 끝이 자주색으로 부어 있었던 것이다. 모두가 병원에 가야 한다고 하자 뼈다귀는 아픈 듯이 소변을 졸졸 흘리면서, "그냥 서 있는 것뿐이야"라며 우스꽝스럽게 지껄였다.

그런 일이 있고 난 어느 날, 각목을 방망이로, 헝겊뭉치를 공으로 삼아 야구를 하고 있는데, 공이 굴러간 위치에 지키고 있어야 할 뼈다귀가 등을 보인 채 바지를 내리고 있었다.

모두가 부르자 그는 그대로 뒤를 돌았다. 다들 눈이 휘둥그레졌다. 뼈다귀의 성기는 곁에 뒹굴고 있던 헝겊뭉치 공보다 더 동그랗고 크게 부어 있었던 것이다. 아이들은 뼈다귀를 둘러쌌다.

뼈다귀는 식은땀을 흘리면서도 씨익 웃고 있었지만, 상황이 상황인지라 또 우스갯소리를 하지는 못했다. 이틀이나 소변을 못 보고, 지난밤에는 아파서 한잠도 못 잤다고 고백했다. 누군가가 그 속에 고름이 가득 찬 게 아니냐고 하자, 각목을 들고 있던 소년이 각목에 박힌 못을 뼈다귀에게 보여주었다. 뼈다귀가 전에도 종기 난 곳을 못이나 칼로 터뜨린 적이 있는 것을 다들 알기 때문에, 뼈다귀가 그 못으로 부은 성기를 긁으려고 하는 게 그렇게 무모한 짓이라고는 아무도 생각하지 않았다. 못이 저항 없이 성기에 박혔다가 빠진 순간 많은 피가 섞인 누런 고름이 터져나와 아이들은 비명을 지르며 홱 물러섰고 조금이라도 고름이 튄 아이는 죽어라 달려가 개천에 뛰어들었다.

모두 큰일났다고 생각했지만, 뼈다귀는 고름이 흘러나오는 성기를 움켜쥔 채, 어쩔 줄 모르고 갈팡질팡하는 친구들의 모습이 우스꽝스럽다며 크게 웃었다. 웃는 모습이 너무나도 천진난만하고 밝아서 모두들 따라 웃기 시작했다.

그날 밤 뼈다귀는 고열이 났고 다음날 아침 진료소로 실려갔다. 그런데 그곳 의사는 도저히 손을 쓸 방도가 없다면서 일본적십자병원에 소개장을 써주었다. 걸어가면 삼십 분 걸리는 곳을, 남편한테 부탁해봤자 소용이 없을 거라고 생각한 어머니는 남편이 쓰는 리어카에 아들을 싣고 끌고 갔다. 친구들은 리어카를 둘러싸고 뼈다귀를 격려하면서 따라갔다. 어머니는 치료비를 마련하느라 가는 길에 아는 사람이나 남편의 거래처를 몇 군데 들렀다. 리어카에 실려 끙끙대는 소년을 보고 돈을 꺼내주는 사람도 있었고 상대도 안 하는 사람도 있었다.

그러는 사이에 두 시간이 지났다. 전화로 연락을 받고 벌써부터 기다리고 있던 적십자병원의 외과의사는 뼈다귀를 진찰하고 나서, 이런 상태에선 한 시간 아니라 하루 빨리 왔더라도 마찬가지였을 거라고 했다.

의사한테서 아들의 성기를 반 정도 절단해야 한다는 소리를 들었을 때도 얼굴색 하나 변하지 않은 어머니였지만, 수술 후에도 청결하게 해야 한다는 얘기를 듣고 집에 가게 되었을 때에는 불안해져서, 균을 죽이는 주사가 있으면 한 대 놔달라고 간절히 부탁했다. 외과의는 어머니가 가진 돈을 확인하고는 당시로선 값비싼 항생제 주사를 놔주었다. 친구들은 모두 그 주사를 부러워했다.

뼈다귀는 일 주일 정도 집에서 가만히 있다가 밖에 나왔다. 그는 친구들을 보자마자, 붕대로 칭칭 감아놓아 어른 것 못지 않게 크게 보이는 성기를 내어 보여주었다. 소변은 어떻게 보느냐고 누가 묻자, 그는 붕대 끝을 대담하게 벗겨서, 끝이 주머니처럼 실로 꿰매진 새끼손가락 첫마디 정도 크기의 성기를 보여주었다. 그리고 실 사이로 보이는 가는 관에서 피가 섞인 소변을 조금 흘려냈다. 그것만으로도 그는 심하게 얼굴을 찡그렸지만, 입가는 애써 웃으려고 노력하고 있었다.

일 년 후 뼈다귀는 이사를 갔다. 그의 아버지는 그 반 년 전부터 모습을 감추었고, 남은 어머니와 뼈다귀와 여동생은 산인 지방에 있는 먼 친척이 경영하는 공장에 더부살이를 가게 된 것이었다.

그때까지 일 년 사이에 친구들은 뼈다귀의 성기가 눈에 익었다. 보기에는 보통 것보다 짧은 정도였지만 귀두가 완전히 없어져버렸기 때문에 껍질을 벗기면 둥글게 썬 소시지 같은 게 삐죽이 나온다. 뼈다귀는 감추려 하지 않았고, 때로는 자랑스럽게 내보이며 웃기려고까지 했다. 떠나는 날에는 팬티를 발목까지 내리고 허리에 손을 대고 빙빙 돌려대다가, 이사갈 준비가 잘 안 되어 여느 때와 달리 짜증을 내고 있는 어머니한테 호되게 머리를 얻어맞았다. 그렇지만 친구들은 손뼉을 치며 뼈다귀가 바라는 대로 크게 웃으면서 전송해주었다.

뼈다귀의 아버지는 키가 멀쑥하고 피부가 하얀 얌전한 남자였다. 동네의 고철상 동업자들은 그의 가느다란 손가락을 보고 그가 부지런히 일을 안 하는 것은 손톱이 더러워지거나 깨지는 것을 싫어하기 때문일 거라고 생각했다. 실은 그런 것에 신경을 쓰는 사람은 아니었고, 손이

고운 것은 다만 일하기를 싫어해서 일을 하지 않았기 때문이었다. 친한 친구도, 이렇다 할 취미도 없고, 도박도 안 하고 여자를 사는 짓도 안 한다. 간혹 일을 해서 돈이 생기면, 집에는 조금만 갖다주고 나머지는 술값으로 써버렸다. 혼자 있기를 좋아해 목재창고 일층 구석에다 한 평 정도 방을 제멋대로 만들어놓고 속바지 바람으로 처박혀 벽을 쳐다보면서 묵묵히 술을 마실 때가 많았다. 외출할 때는 꼭 단벌 춘추복 재킷을 걸쳐입고, 사냥 모자를 깊이 눌러 썼다. 넥타이를 세 개 가지고 있는 것이 자랑이었다.

그가 처음 집을 나가게 된 계기는 아들 때문이었다. 어느 날 우연히 목재창고 벽을 향해 소변을 보고 있는 아들을 보다가 무심코 나란히 서서 소변을 보려고 했다. 그는 충격을 받았고, 사정을 알게 되자 자기 책임이라고 생각해버렸다. 그러나 앞으로 부지런히 일해서 가족을 아껴야겠다는 생각은 하지 않고 일단 집을 나가버린 것이다.

그가 다시 동네에 나타난 것은 육 년 후였는데, 그보다 조금 앞서 그가 '노다지'를 찾아냈다는 소문이 동네에 전해졌다. 그는 우연히 발을 들여놓은 와카야마의 한 동네에서 옛 공장 터에 잔뜩 묻혀 있던 양질의 구리 철사를 반 년 동안 몰래 날라다 팔았다고 말했다. 얼마나 되는

구리 철사를 얼마에 팔았는지는 분명히 말하지 않았다. 동네 사람들은 마치 거짓말 같은 행운에 고개를 갸우뚱했지만, 비슷한 성공담을 가끔 들은 적도 있고, 그의 옷차림이 좋아지고, 실제로 꽤 많은 현금을 가지고 있었기 때문에 믿을 수밖에 없었다.

그는 전에 살던 목재창고에 가서 재입주를 희망했다. 목재상 사장은 재입주를 거절하고 북쪽에 신축한 단독주택에 입주할 것을 권했다. 그 집은 목재상 사장이 일 년도 더 전에 즉흥적으로 지은 집으로, 시세보다 약간 비싸기도 했거니와, 보수적이고 오래된 변두리에는 어울리지 않게 멋을 부린 양옥집이어서 그 동네 사람들한테는 거부감을 주었다. 그는 현금으로 그 집을 샀다. 동네 사람들은 크게 놀랐고, 시기하고 질투했다.

그는 먼 친척집에서 더부살이하고 있던 처와 아이들을 불러들였다. 낮에는 빈둥거리다가 밤만 되면 고급 양복을 입고 어느 빈 절간에서 열리는 노름판에 드나들었다. 그는 처음 해보는 야바위의 룰을 금방 배웠지만 술책을 꾸미는 데는 소질이 없었다. 노름판 주인의 꾐에 넘어가 판돈만 자꾸자꾸 올려갔다. 그가 아직도 집 한 채를 살 만큼의 현금을 갖고 있다는 소문이 떠돌았지만, 그 돈이 없어지는 것은 주위가 놀랄 정도로 빨랐다. 석 달도 채 지나지 않아 노름판 주인에게 빚을 지기 시작했고, 그러다가 어느 날 갑자기 사라져 다시는 돌아오지 않았다.

그와 가까웠던 사람들은 그가 마치 가진 돈을 다 써버리지 않고는 불안해서 견딜 수가 없다는 듯이 마구 돈을 써댔다고 말했다. 달리 낭비하는 방법을 모르기 때문에 손쉬운 도박에 쏟아넣고 노름판 주인한테 빚을 짐으로써 안심하고 사라질 수 있었던 것이라는 내용이었다.

깡패 두목이었던 노름판 주인은 졸개들을 데리고 즉시 개천가에 있는 집을 찾아갔다. 그러나 그들은 남아 있는 가족 셋을 보고는 한눈에 뼈다귀의 아버지가 가족들을 위해서는 거의 돈을 쓰지 않았다는 걸 알았다. 집에는 가구다운 가구가 없었고 누더기를 입은 모자는 복도에 쭈그리고 앉아서 무청즙을 마시고 있었던 것이다. 어머니는 느닷없이 밀어닥친 노름판 주인한테 겁을 내지도, 애걸하지도, 창피해하지도 않고, 한 잔 마시고 가라며 알루미늄 냄비에서 자기 밥공기로 무청즙을 떠 내밀었다.

지독한 욕심쟁이었지만 약간의 의협심이 남아 있던 노름판 주인은 놀라고 그리고 분개했다. 그는 빚 따위는 알 바가 아닌 불쌍한 모자에게 일방적으로 빚은 없었던 걸로 하겠다고 전하고, 밥공기를 받아 무청즙을 단숨에 꿀꺽 마시고는 동포의 의리라며 약간의 돈을 놓고 가버렸다.

얼마 후 노름판이 열리던 절간이 원인 모를 화재로 타버리자 뼈다귀 아버지의 짓이 아니냐는 소문이 잠깐 퍼졌다. 그러나 노름판 주인이 그 남자한테 그런 용기는 없다고 부정하자 그것도 그렇다고 누구나 다 그렇게 생각했다. 그 일이 있고 삼 개월 후, 노름판 주인의 신축중인 집이 반쯤 타버리자, 모두들 이번엔 틀림없이 그 남자의 짓이라고 말했다. 그러나 뼈다귀의 아버지 거처는 알 수 없었고, 개천가에 사는 가족들은 입을 꾹 다물고 있었다.

뼈다귀가 산인의 친척집에서 돌아온다는 것을 알았을 때, 전에 친구였던 아이들은 기뻐했지만, 뼈다귀의 가족들이 목재창고 옆집에 살게 된 것을 알자 좀 시들해졌다.

친구들은 뼈다귀를 오래간만에 보았을 때, 육 년 전의 뼈다귀가 시공을 떠돌다가 나타난 것만 같아 놀랐다. 옷차림도 키도 거의 옛날 그대로였던 것이다. 가까이 가보니 누더기를 입긴 했지만 악취는 풍기지 않았다. 또, 지독하게 말랐지만 어깨며 팔은 튼튼해 보였다. 얼굴은 흙빛이었고, 버짐이 피어 있었다.

멋진 새 집에 살고, 아버지가 큰 부자인 것치고는 좀 이상하다고 다들 생각했지만, 얼마 후 뼈다귀의 아버지가 다시 사라졌을 때, 그 사정을 듣고 뼈다귀를 동정하는 한편 다소 안심도 했다.

그들은 몇 번이고 뼈다귀에게 같이 놀자고 했다. 그러나 뼈다귀는 듣지 않았다. 길에서 누가 말이라도 걸면 노려보면서 덤벼들어 때릴 기세였다. 당황하기도 하고 화를 내기도 하다가 이윽고 아무도 상대하지 않게 되었다. 그러다가 뼈다귀의 키가 자라지 않는 건 성기가 반밖에 없기 때문이라며 수군거리고 소리 죽여 비웃어댔다.

뼈다귀가 갓 열여덟 살이 됐을 무렵이었다. 노름판 주인이 뼈다귀네 집을 찾아갈 때 데리고 갔던 졸개 중의 한 명이 버스가 다니는 큰길 가에 있는 파친코 가게에서 구슬이 가득 든 상자를 안고 통로를 걷고 있었다. 뼈다귀가 떨어진 구슬을 주워 파친코를 하고 있었다. 그 졸개는 그저 친절을 베푸는 마음에서 구슬 한줌을 집어 뼈다귀의 상자에 넣어주었다.

파친코 가게를 나와 자전거를 타려고 하는데 세워놓은 자전거 줄 뒤에서 뼈다귀가 노려보고 있었다. 마음 약한 졸개는 자기가 무슨 잘못을 했는지 생각해보았다. 그렇지만 짐작되는 것이 없었다. 뼈다귀가 계속 노려보느라 눈을 떼지 않았기 때문에 '별난 놈' 다 보겠다며 위협적인 태도를 보였다. 뼈다귀는 한 걸음 뒤로 물러섰지만 눈을 떼지는 않았다. 졸개는 어쩐지 섬뜩한 느낌이 들어 뼈다귀의 얼굴을 외면하고 자전거 패달을 밟기 시작했다. 순간 뼈다귀가 뿌려놓은 한줌의 구슬에 미끄려져 자전거는 보기 좋게 거꾸러지고 말았다.

다음 순간 뼈다귀는 칼날을 쥐고 머리 위로 쳐든 칼을 남자의 사타구니를 향해 내리쳤다. 남자는 어떻게 그 칼을 피했는지 기억도 못 하지만, 뼈다귀가 오로지 사타구니만 노리고 있다는 게 너무나도 명백했기 때문에 칼이 '잘못해서' 배에 꽂혔을 때도 마음속으로 살았다고 안도했다. 그러자 갑자기 오랫동안 잊고 있던 사실, 즉 뼈다귀의 성기가 반밖에 없다는 게 생각나 몸서리가 쳐지면서, 칼에 맞아 뻣뻣해진 복부 이외의 몸이 갑자기 이완되면서 눈물과 콧물과 오줌이 한꺼번에 나왔다.

그 졸개가 한 이야기에는 과장이 없을 거라고 뼈다귀의 옛친구들은 생각했다. 때마침 빈 절간과 노름판 주인집에 불을 지른 것은 아버지가 아니라 아들이 아니냐는 소문이 나돌았다. 그들은 처음에는 믿지 않았다. 그런데 개천가에 있는 뼈다귀네 집을 찾아갔을 때의 일을 두목이 자랑하듯 도박장이나 술집에 퍼뜨리고 다녔던 일이 생각났다. 그리고 만약 그 일을 뼈다귀가 굴욕으로 느꼈다면 충분히 있을 수 있는 일이라고 생각하게 되었다. 칼로 오로지 사타구니만 겨냥당하는 공포를 느끼며 누군가 똥구멍이 근지러워지지 않느냐고 말하자 모두들 고개를 끄덕였다.

동네를 떠나 있던 육 년 동안 뼈다귀에게 과연 무슨 일이 있었는지는 알 수 없지만, 인간은 저렇게도 변할 수 있구나 하고 묘한 감탄을 하게 되는 것이었다. 그리고 일 년 후 뼈다귀가 소년원에서 나왔을 때는 또 어떻게 대해야 할지 모두들 고민을 해야 했다.

*

……추위를 참고 가만히 쭈그리고 앉아 있으면, 희미하게 머리에 떠오르는 건 어제오늘의 일보다 정든 그 집.

삼촌은 내가 함께 살기 시작한 다음날, 어디선가 상당히 오래된, 그렇지만 아직 멀쩡한 책상을 얻어와서 일층 구석의 네 평짜리 안방에 놓았다. 그것이 그 방의 유일한 가구였다. 그 방이 내 방이 되었고, 잘 때만 할머니가 들어왔다. 일층에는 그밖에 거실과 부엌이 있었다. 거실에는 다다미가 상하지 않도록 융단이 깔려 있었고, 커다란 텔레비전과 고타츠가 전부였다. 텔레비전 리모콘도 있었는데 리모콘이 막 도입된 시기여서 나는 삼촌이 없을 때에는 아무한테도 주지 않고 곁에 두고, 아무렇게나 마구 누르기를 좋아했다. 길쭉하고 좁은 부엌에는 문이 세 개나 달린 커다란 냉장고가 있었는데 안이 가득 찬 것을 본 적은 없다.

찬장은 없고, 개수대 위로 매어놓은 행주를 거는 끈 너머로, 판자로 만들어 매단 선반에 몇 개 안 되는 식기가 포개져 있었다. 또 냉장고 위에는 닭을 삶는 큰 냄비와 프라이팬이 올려져 있었다.

이층에는 방이 두 개 있고, 한 번도 열어본 적이 없는 붙박이장에는 이불이나 옷가지가 들어 있었겠지만, 가구라고는 화장대 하나밖에 없었다. 개천 쪽을 향해 난 서향 베란다는 두 평 남짓 됐다. 처음 보았을 때는 여름이 되면 여기서 목물을 할 수 있겠다고 기대했었는데, 이런 집에서 그런 마음이 생길 리가 있나, 한 번도 해보지 않았다.

나는 금방 이 집의 단조로운 시간의 흐름에 익숙해졌

다. 아침에 삼촌이 일하러 나가고 나면 고모는 이른 아침부터 하던 집안일을 다시 시작한다. 할머니는 헝클어진 흰머리를 아무렇게나 뒤로 묶고 십 분 정도 산책하러 나간다. 할머니가 밖에 나가는 건 하루 중 그때뿐이다. 나는 아침부터 계속 켜둔 텔레비전의 리모콘을 마구 누르면서 점심때가 오기를 기다린다. 셋이서 점심을 먹고 나서 다시 멍하니 텔레비전을 본다. 그리고 오늘은 아침에 일어나서부터 한마디도 하지 않은 것이 문득 떠올라 묘하게 기분이 좋아지는 것을 느낀다. 고모가 나에게 충분히 신경을 쓰면서도 어떻게 말을 걸어야 좋을지 몰라하는 것이 나를 득의양양하게 만들었다. 할머니는 마치 내가 없는 것처럼 행동했지만 고모는 가끔 나를 힐끗 훔쳐보고는 어떻게든 잘해주려고 했다. 그러나 눈앞에 있는 치약을 짜주거나 밥을 입에 넣어줄 수는 없는 거고, 기껏해야 세면대 앞에 서 있는 내 등뒤에서 수건을 들고 왔다 갔다 하거나 밥그릇 속의 밥이 줄면 밥통 뚜껑을 열고 기다리는 게 고작이었다.

고모는 늘 몸뻬 같은 바지를 입고 큰 엉덩이를 흔들며 하루 종일 더 이상 있지도 않는 먼지를 부지런히 총채로 떨어내고, 다다미를 걸레질하고, 대야에 들어 있는 빨래를 했다. 나에게 좀처럼 새옷을 사주지는 않았지만 언제나 새로 빤 옷을 입게 해주었다. 그것으로 족했다. 고모는 무엇에 쫓기듯이 일을 했다. 엉덩이에 뭔가 끼어 있는 것 같은 첫인상은 쭉 그대로였고, 어쩌면 정말로 뭔가 끼어 있는 건 아닌가 하고 생각할 때도 있었다.

난 지금 고모를 안타깝게 여긴다. 갑자기 가슴이 죄어오는 것 같다. 첫날 밤에 자장가처럼 들린, 어린 여자아이가 흐느껴 우는 듯한 신음 소리는, 그후에도 매일 밤 들려왔다. 한밤중에 사람이 찾아와 조용히 이층에 올라갔다가 한 시간쯤 지났을까 하는 사이에 돌아간다. 하룻밤에 한 사람일 경우가 많았지만, 두서너 명이 사이를 두고 찾아오는 밤도 있었다.

이 집에 온 지 얼마 안 됐을 때 나는 계단 밑에서 위를 살펴보기도 했지만, 곧 그만두었다. 왜 그랬을까? 발기하지 않았던 것이다. 위에서 벌어지는 것은 그런 것이 아니었다. 고모는 어쩌면 즐기고 있었는지도 모른다. 찾아오는 남자들도 기분이 좋았을 것이다. 그렇지만 삼촌은?

삼촌의 성기에 대해 알기 전에도 삼촌은 남녀에 관한 일과는 멀리 떨어져 있다는 걸 직감하고 있었다. 매일 밤 남자가 이층 방으로 올라가는데도 삼촌은 거들떠보지도 않고 옆방에서 틀림없이 뒹굴고 있었을 것이다. 그리고 나는 천장에서 쏟아져내리는 남녀의 열기를, 마침내는 지금 어떤 체위로 하고 있는지 짐작할 수 있을 정도로 똑똑히 느꼈다. 그러나 결코 발기하지 않았다. 나는 이 집에서는 그런 일로부터 멀리 떨어져 있었다.

그러나 나는 결국 삼촌하고는 결정적으로 다르다.

가나코. 가나코는 어떻게 되었을까?…… 그날은 중학교 입학식이 있고 일 주일쯤 지난 저녁이었다. 심심풀이로 주차장 잡초를 뽑고 있는데 위아래 감색 얇은 옷차림에 천가방을 어깨에 멘 같은 중학교 여학생이 집 앞을 지나갔다. 까무스름하고 갸름한 얼굴 뒤로 두 갈래로 땋아내린 머리가 흔들리고 있었다. 눈꺼풀이 미끄럽게 부풀어오르고 눈꼬리가 약간 찢어진 커다란 눈이 석양에 반사되어 오렌지색으로 물들어 있었다. 천가방에 '이학년 삼반 양 가나코'라고 씌인 것이 보였다.

이틀 후, 역시 잡초를 뽑고 있는데 가나코가 웃으면서 나에게 말을 걸어 왔다.

"너 뼈다귀의 조카라면서?"

그 아이는 이 동네에서 나에게 미소를 보내준 최초이자 마지막 사람이 되었다.

"뼈다귀 집에 남자애가 있더라고 친구한테 얘기했더니, 뼈다귀의 조칸데 며칠 전에 시장에서 넘어진 애라고 하더라. 그래서 난 금방 감을 잡았지. 뼈다귀가 건어물상에 한 못된 장난에 너도 가담했지?"

내 심장은 과장이 아니라 그 순간 입 밖으로 튕겨나갔다가 안으로 들어왔다. 가나코는 그걸 봤는지 "왜 그래? 역시 내 말이 딱 들어맞은 거야?"라고 걱정스럽게 물었다. 나는 눈도 깜빡일 수 없었다. 가나코는 "아이 참, 농담인데 뭘 그래?" 하며 고개를 휙 돌리고 그냥 가버렸다.

다음날 방과 후, 나는 교실 이층 창문에 기대어 가나코를 찾았다. 안 보여서 체육관에 가보니 가나코는 배구 코트에 있었다.

남자 감독이 머리 높이로 던지는 공을 가나코가 양손으로 가볍게 토스하자 그것에 맞춰 점프한 공격수가 네트 건너편에서 힘껏 되받아 넘긴다. 감독은 좌우로 잇따라 공을 던졌고 가나코는 그것에 따라가는 게 고작이었다. 두 갈래로 땋아내린 머리가 원을 그리면서 흔들리고 땀에 젖어 거무스름하게 빛나는 기다란 손발이 꼭두각시처럼 접혔다 펴졌다 했다. 마치 인디언 인형 같다고 생각했다.

가나코는 발이 미끄러져서 엉덩방아를 찧었다. 감독이 큰 소리를 치며 가나코를 향해 거칠게 공을 던졌다. 공은 가나코의 이마에 부딪혔다가 세게 튀어나갔다. 그때 공격수가 가나코를 내려다보고 쳇 하고 혀를 찼다. 그 소리가 체육관 입구에 서 있는 나한테까지 들렸다. 그 순간 나는 건드린다면 저애, 라고 마음속으로 중얼거렸다.

스스로의 중얼거림에 놀라 곧, 여자를 건드리다니 절대 그러지 않을 거라고 마음속으로 다짐했다. 그러나, 이 중얼거림은 내 속에서 저절로 우러나온 말이라는 것을 분명히 깨닫자, 이것은 다른 누구의 생각도 아니라 나만의 것이다, 라는 중얼거림이 힘껏 앙다문 어금니 사이로 새어나왔다.

가나코. 그녀가 맨 처음 우리집 앞을 지난 건 우연이었다. 특별활동을 마치고 돌아가는 길이었다. 그렇지만 두번째는 나한테 말을 걸기 위해서 일부러 지나갔다. 그녀는 훗날 이렇게 말했다.

"만일 오빠한테 들켰다면 혼났을 거야. 내 일이라면 아주 필사적이니까. 그 점만은 알아줘야 돼."

이런 이야기를 나누게 됐을 즈음, 나는 가나코의 오빠가 삼촌 또래의 쌍둥이 형제며 예전에는 상당한 불량배였다는 것을 알게 되었다. 장마가 한창인 어느 날 저녁 가랑비가 내렸다. 나는 지붕 있는 차고의 처마 밑에서 비를 피하는 척하며, 특별활동을 마치고 돌아오는 가나코를 기다리고 있었다. 가나코가 오자 나는 우연히 발견한, 아직 불량배들의 손이 뻗치지 않은 작은 빈 집으로 그녀를 데리고 가려고 했다. 가나코는 나에게 우산을 씌워주면서 "현장범, 현장범"이라고 말하며 혼자서 자지러지게 웃었다. 그리고 내가 이끄는 대로 깨진 창문을 넘어 빈 집으로 들어갔다. 다다미도 마루도 몹시 더러워서 우리는 선 채 서로 마주 보았다.

자연스럽게 웃고 싶었다. 그런데 눈이 깜빡거릴 수 없을 정도로 뻣뻣해지고 아랫입술이 돌돌 말릴 정도로 목이 굳어졌다. 나는 마주 볼 때부터 계속 잡고 있던 가나코의 팔을 끌어당겼다. 그리고 눈을 감고 얼굴을 가까이 댔다.

"여기서는 싫어……"

나의 손은 어느새 체육복 위로 올라가 가나코의 가파르지 않은 가슴을 누르고 있었다. 키스의 감촉이 입술에 근질근질 간지럽게 달라붙었다.

"꼭 하고 싶어?"

가나코는 가슴에서 내 손을 떼어내더니 꼭 잡았다. 가나코의 발상은 나를 놀라게 했다. 난, 난, 결코 그런 일까지 생각하고 있지는 않았다……

이 근처에 사는 아이들은 개천가에 있는 그 집에 접근하지 말라는 주의를 받는다는 사실을, 수업 첫날 점심시간에 나를 둘러싸고 있던 아이들 중의 한 명이 가르쳐주었다. 모두 그 집의 생활을 알고 싶어했지만, 그 집 일을 내가 어떻게 설명할 수 있단 말인가. 내가 아무런 대답도 안 하자, 너희 집 사람들은 매일 닭의 생피를 마시지? 고모가 매독을 앓아 코가 떨어질 날도 머지 않았을걸, 하며 제멋대로 떠들어댔다. 나는 아무렇지도 않았다. 무슨 말을 들어도 나하고는 상관없다는 얼굴로 있을 수 있었다. 그러자 모두 내 눈빛이 마음에 안 든다면서 나를 무시하게 되었다.

내 눈빛에 대해서는 일학기 생활기록부에 '눈초리가 아이답지 않다. 때로는 비웃는 것처럼 느껴질 때가 있다' 라고 씌어 있는 것을 본 다음부터 나도 의식하게 되었다.

이 이야기를 가나코한테 했다.

"그래? 난 료이치의 눈이 좋은데. 이 동네 어른들보다 더 차분해 보이고 왠지 안심이 되거든."

가나코는 내 양쪽 눈꼬리를 엄지손가락으로 옆으로 당기면서 말했다. 그곳은 체육관 뒤 담에 둘러쌓인 인적 없고 잡초가 무성한 골목길이었다. 나는 배구부의 여름방학 훈련이 끝나기를 기다리고 있었던 것이다. 나는 가나코의 손을 뿌리치고 등을 돌렸다. 자꾸 웃음이 삐져나와 참을 수가 없었다.

"왜 그래? 칭찬해주는 것도 싫어?"

가나코는 이렇게 말하며 나에게 몸을 기댔다. 나는 일부러 앞으로 넘어졌다. 얼굴 주위에는 담배꽁초와 종이 조각들이 흩어져 있었다. 풀숲에서 풍기는 훈훈한 열기 속에 정액 비린내가 섞여 있었다. 가나코는 당황해서 무릎을 땅바닥에 대고 나를 안아 일으키려고 했다. 운동복 반바지 밑으로 날씬하게 뻗은 다리가 얼굴 바로 옆으로 다가왔다. 가나코를 끌어안고 싶었다. 하지만 그곳에서는 싫었다.

가나코의 손을 잡고 이미 익숙하게 다니게 된 빈 집으로 향했다.

가나코는 그때마다 꼭 "기분 좋아?"라고 몇 번이나 물었다. 자기도 눈을 꼭 감고 몸도 굳어진 채, 새삼 생각났다는 듯이 낮은 소리로 아, 하고 소리만 가끔 낼 뿐이면서.

나는 "좋아"라고 대답하고 "안 아파?"라고 묻는다. 그러면 가나코는 눈을 감은 채 만족스러운 듯 미소를 짓는다.

가나코는 아무에게나 그렇게 미소를 지을까? 아직 열네 살인데. 아이를 돌보는 어머니가 짓는 듯한 미소를. 처음에 가나코는 미소지을 여유도 없었다. 그러다 어느새 익숙해졌다. 나는 그렇게 생각했다.

"너는 좋아?"

무아무중의 상태에서 서서히 벗어나면서 내 마음속에 의심이 점점 커져갔다. 다다미를 짚은 내 두 팔 사이에서 가나코는 눈을 꼭 감은 채 이를 드러내고 웃어 보였다. 나는 그 뜻을 제대로 파악하지 못해 애가 탔다.

"좋아? 싫어? 확실히 말해봐."

"왜 화를 내니? 너만 좋으면 난 그걸로 족해. 그뿐이야."

그뿐이야, 라고 가나코는 몇 번이나 나한테 말했는지.

나는 남자라면 누구나 궁금해하듯 그녀의 첫경험이 궁금해지기 시작했다. 물어보기가 무서워, 그렇지만 어떻게 해서든지 알고 싶어서 기회를 노리고 있었는데, "그뿐이야"라는 말에 부아가 치밀어 가나코의 어깨를 힘껏 흔들었다.

"말해봐. 누구야? 누구냔 말이야? 맨 먼저 너를 먹은 놈이!"

가나코는 눈을 크게 뜨고 필요 이상 흥분하고 있는 나를 쳐다보았다. 그리고 해죽 웃었다. 나는 가나코한테서 몸을 뗐다. 갑자기 맨몸으로 있기가 창피해져서 속옷을 입기 시작했다. 가나코도 옷을 입기 시작했다. 계속 해죽거리며 웃고 있었다. 등지고 앉아 있는 나에게 "꼭 알고 싶어?"라고 되물었다. 나는 어린아이처럼 크게 고개를 끄덕였다.

"서클 선배. 호색가이지만 호탕하고 재미있는 사람이야. 사이좋게 지내고 있어. 하루는 특별활동을 마치고 돌아오는 길에 장난을 치며 내 엉덩이를 껴안았는데 그때 우연히 그곳을 지나가던 작은오빠의 소형 트럭이 돌진해 전신주에 다리가 끼어 뼈가 부러졌거든. 작은오빠는 한눈을 팔다가 그렇게 됐다고 우겼고, 선배도 그렇게 믿었지만, 그건 분명 거짓말이야. 오빠는 그 순간 분명히 나도 같이 죽이려고 했던 거야, 난 알아. 선배의 상처가 낫자 마자 "날 가져"라고 말했어. 그랬더니 선배는 뚫어지게 내 얼굴을 쳐다보더니 내 본심을 깨닫고는, 그럼 마음이 변하기 전에, 하면서 체육관 창고로 날 끌고 갔어……

그게 다야…… 나도 잘 몰라. 난 그런 거 통 흥미가 없었는데, 그렇지만 뭔가 해줘야겠다는 생각이 들었고, 선배가 기뻐하는 일이라곤 그것밖에 없고…… 아아, 나를 얽매는 최대의 적인 오빠들을 어떻게 해야 되겠는데. 료이치, 내가 이상한 걸까?" 여름방학 때 우리는 일 주일에 세 번 정도 빈 집에 갔다. 뒷문으로 드나들 수 있도록 준비를 한 다음 마루를 닦고 학교에서 훔쳐온 매트를 깐 뒤 집에서 들고 나온 타월 시트를 깔았다.

가나코 배 위에 쏟아낸 것을 나는 바로 휴지로 닦아냈다. 흥분했을 때는 아무 생각도 못 하다가 쏟아낸 순간 정신을 차리면 견딜 수 없이 부끄러워진다. 이런 걸 배설하기 위해 나는 그토록 필사적이었을까. 그런 나를 보며 가나코가 웃는다. 가끔은 내가 닦아내기 전에 손가락에 찍어다 냄새를 맡기도 한다. 나는 얼른 손가락을 잡아채 휴지로 깨끗이 닦아준다. 가나코의 웃음소리가 점점 커진다. 일이 끝나면 서둘러 옷을 입고 둘 다 아무 말도 없이 빈 집에서 나간다. 내가 앞장서고 가나코는 한참 떨어져서 뒤따라온다. 항상 일정한 곳에 도착하면 가나코는 사라진다.

다음 약속 같은 건 한 적이 없다. 나는 매일 학교에 가서 배구부의 하계 훈련이 끝나기를 체육관 뒤 골목에서 기다렸다. 가나코는 안 될 때는, 체육관 귀퉁이에서 살짝 얼굴을 내밀고. 집게손가락으로 가위표를 만들어 보였다. 이학기가 시작되고 나서는 학교 가는 길에 위치한, 지붕이 있는 차고 처마 밑에서 만나기로 했다. 괜찮을 때는 가나코는 나를 모른 척하고 지나가고 나는 가나코 뒤를 따라간다. 안 될 때는 힐끗 나를 보며 가위표 사인을 보낸다. 가나코는 소문이 나서 쌍둥이 오빠들이 알게 될까 봐 무척 두려워했다. 나도 억지를 쓰지는 않았다.

그날은 정말 실망스러웠다. 나흘 동안이나 못 만났기 때문이다. 가위표 사인을 보내고 그냥 지나가버린 가나코의 등을 눈으로 좇다가 욕정에 사로잡혔다. 그렇지만 쫓아가서 빈 집으로 끌고 갈 생각은 없었다. 뒤를 밟은 것은 아직 본 적이 없는 가나코네 집을 멀리서라도 봐두자는 가벼운 탐험심 같은 기분에서였다.

가나코가 문화주택의 외부에 설치된 철제 계단을 올라가는 것을 보고 가나코네 집이 아니라는 것을 금세 알아차렸다. 이층 복도에 고등학생 같은 남자애 두 명이 담배를 입에 물고 서 있었다. 남자들은 큰 천가방을 어깨에 맨 가나코가 지나갈 수 있도록 옆으로 비켜 첫번째 문으로 데리고 갔다. 가나코는 현관에서 뒤를 돌아 주변을 둘러보았다. 그 순간이었다. 이것도, '그뿐이야' 라는 것 중의 하나란 말인가? 온몸에서 핏기가 가시면서 내 뇌리에서, 해치워야 할 놈들은 이놈들이라는 목소리가 한꺼번에 터져 피 대신 온몸에 퍼졌다.

가나코를 기다리기 위해 쭈그리고 앉은 전신주 옆에서, 그것이 경험한 적이 없는 쾌감이라는 것을 알았다. 기다리는 동안 몸이 타는 듯이 뜨거웠고, 아직 아무것도 하지 않았는데도 웃음이 목에서 슬금슬금 기어올라와 입이 비틀어질 것만 같았다. 무슨 일이든 할 수 있다. 나는 이런 확신에 깊이 사로잡혀 시간을 잊었다.

한 시간쯤 지났을까, 가나코가 나왔다. 일어나려고 하다가 다리가 저린 나머지 콘크리트처럼 굳어버린 것을 알았을 때, 내가 꼼짝도 않고 여기서 가나코를 기다린 것은 추궁하기 위해서가 아니라는 것을 깨달았다.

전신주 그늘에서 미끄러지듯 앞으로 나가자, 가나코는 어머, 하며 뒷걸음질을 치다가 곧 당당하게 다리를 앞으로 내밀고 내 눈앞을 지나갔다. 똑바로 앞을 향한 얼굴은 굳어져 있었고, 눈은 금세 울음을 터뜨릴 것 같았다. 나는 가나코와 거리가 멀어지기 전에 말을 걸었다.

"다리가 저려서 못 걷겠어. 나 좀 도와줘."

왠지 김빠진 말투가 되어버렸다. 가나코는 뒤를 돌아보고는 놀란 목소리로, "여긴 왠일이야?" 하고 잠깐 망설이다가 내쪽으로 다가왔다. 나는 내가 웃고 있는 것을 알았다.

"여기서 뭐 하는 거야?"

가나코는 주위를 둘러보더니 나에게 손을 내밀었다.

"집에 가는 줄 알고 뒤를 밟았는데, 설마 네가 그런 데 갈 줄은 몰랐어. 거기 불량배들 아지트지?"

가나코는 흠칫, 손을 놓았다. 나는 웃으면서 혼자서 일어났다.

"가나코는 나한테는 무슨 일이든지 다 이야기해줄 줄 알았는데, 어쩐지 섭섭한걸?"

나는 모든 상황을 이해하고 있었다. 그런데 가나코한테서 무슨 말을 들으려고 하는 거지? 앞으로 하려는 일에 대한 확인을 하기 위해서인가? 우리는 앞서거니 뒤서거니 하며 걷기 시작했다. 당장이라도 울 듯이 얼굴을 일그러뜨리는 가나코를 이따금 뒤돌아보면서 이상한 우월감에 젖었다. 조금 걷다보니 공원이 있어서 가나코를 앞세워 들어가 함께 벤치에 앉았다. 오후 여섯시가 지나 어둠에 싸인 공원에는 자전거 바구니에 방망이나 글러브를 넣고 집으로 돌아가는 초등학생이 네다섯 명 있을 뿐이었다. 나는 점잔을 빼고 벤치에 앉아 있는 나 자신이 아주 어른스럽게 느껴졌다.

가나코는 공원에 사람이 없어지기를 기다리고 있었다. 그러다 각오를 했는지 토해내듯 말을 늘어놓았다.

"내 머리는 좀 이상해. 그 불량스런 사람들이 이 동네에 존재하고 있다는 게 마치 내 죄처럼 느껴지거든. 그 문화주택에 사는 세 사람 말인데, 큰오빠 차를 훔치는 걸 오빠가 알아차리고 쫓아갔었어. 그런데 당황했는지 전봇대에 차를 들이받고 멈춰 섰어. 그뿐이야. 그런데 오빠가, 항상 품에 넣고 다니는 칼집에 든 작은 칼로, 왜 있잖아, 가게에서 등심의 힘줄을 제거하는 데 쓰는 그 칼, 그 칼로 운전하고 있던 사람의 목을 쓰윽 그어버렸어. 난 바로 옆에서 보고 있었어. 비명 소리를 듣고 뛰어나온 작은 오빠가 다른 두 사람을 사정없이 때려 눕혔고 그 옆에서 큰오빠는 쓰러진 사람을 깔고 앉아, 히죽히죽 웃으면서, 눈물과 콧물을 흘리며 필사적으로 사과하고 있는 사람의 얼굴을 사정없이 그어댔어. 난 그걸 바로 옆에서 보고 있었어. 평소에는 명랑하고 장사도 부지런히 잘하고 붙임

성이 좋은 오빠들이, 여자는 알 수가 없다며 쑥스러워하며 나한테 조심스럽게 대하는 오빠들이, 가게에서 일할 때 쓰는 칼로 아무렇지도 않게 사람에게 상처내는 걸 바로 눈앞에서 봤단 말이야…… 전에 말한 그 선배 이야기 거짓말이야. 선배가 내 엉덩이를 꼭 껴안았을 때 작은오빠가 운전하는 소형 트럭이 무서운 기세로 달려온 것은 사실이지만, 작은오빠는 바로 코앞에서 차를 세우고 내려오더니 웃으면서 선배 머리를 손가락으로 쿡 찔렀어. 그게 다야. 하지만 무섭게 달려오던 기세로 보아 틀림없이 오빠한테 순간적인 살의가 있었던 게 분명해. 역시 나를 생각해서 그 정도로 끝낸 거야. 그런 오빠들이거든…… 들어줄래? 내 탓은 아니었지만 나는 책임을 느꼈어. 우습지? 그렇지만 말리지는 못했어. 나는 그 사람들이 사는 데를 알아내서 학교 특별활동을 마치고 돌아가는 길에 찾아가서, 인상을 쓰며 무슨 일로 왔느냐고 다그치는 그 사람들 앞에서 무릎을 꿇고 사과했어. 그 사람들은 무척 당황한 것 같았어. 당연하지. 나 자신도, 왜 그런 일을 하는지 알 수 없었는걸. 내가 돌아갈 생각도 못 하고 우물쭈물하고 있었는데 그중 한 사람이 짜증스런 목소리로 빨리 가, 먹어 치우기 전에, 하며 무섭게 쏘아보

앉어. 그러자 스위치가 들어온 건지 나간 건지, 난 온몸에 힘이 빠져 풀썩 하고 그 자리에 맥없이 쓰러지고 말았어. 눈을 감고 가만히 있으니 소곤소곤 이야기하는 소리가 들리다가 그쳤어. 순간 내 몸이 허공에 붕 떴다가 천천히 내려졌어. 실눈을 뜨고 살펴보니 불이 꺼져 있어서 안심이 되더라. 나는 그냥 이를 악물고 참고 있었을 뿐이야…… 믿어줄래? 난 전혀 좋지가 않아, 지금도 아프기만 해. 하지만 그 사람들 난폭한 짓은 안 해. 가끔 라면도 주문해주고. 또 오라는 말을 들으면 난 또 당연히 가야할 것 같고. 넌 어떻게 생각해? 나한텐 단지 그뿐인데, 료이치는 어떻게 생각해?"

가나코와 헤어지고 난 다음 문화주택으로 향했다. 나는 흥분하고 있었다. 가나코가 한 말을 어느 정도 이해했을까. 상상 이상의 고백을 듣고, 가령 그것을 받아들일 생각이라면 그냥 가만히 있을 것이지, 몇 번씩이나 되풀이하던 '단지 그뿐'을 왜 단지 그뿐인 것으로 받아들일 수 없는가. 도대체 누구를 위해 문화주택에 되돌아온 것인가…… 그것은 나 자신을 위해서다! 내 마음속의 그 외침이 나를 이끈 것이다. 가나코가 계단을 올라가서 방에 들어가는 것을 보았을 때 들은 그 소리, 해치워야 할 놈들은 이 놈들이다, 라는 그 소리에 따라야 한다. 그렇지 않으면 또 도로아미타불이다……

철제 계단을 올라가 심호흡을 한 후에 노크를 했다. 대답이 없었다. 손잡이를 잡고 탁탁 소리를 내자, 시끄러워! 하는 고함 소리에 이어 뭔가 딱딱한 것이 문에 부딪쳤다. 기가 죽어 서둘러 철제 계단을 뛰어내렸다. 다 내려오고 나니 이번에는 부끄러움이 찾아들며 삼촌의 얼굴이 떠올랐다. 나는 혀를 깨물었다. 피가 섞인 침을 삼키자 용기가 솟아오르는 것 같은 기분이 들어 소리를 죽이고 철제 계단을 두 계단씩 뛰어 올라갔다. 주먹에 문이 닿자 순간 내 목을 졸라 죽이고 싶은 생각이 들었다. 그러나 이미 문이 열린 뒤였다. 나는 엉거주춤한 자세로 얼굴을 앞으로 내밀었다. 어둠 속에 있어도 눈이 충혈돼 있다는 것을 알 수 있는, 볼이 홀쭉한 남자가 "넌 뭐야?" 하며 나타났다. 후텁지근한 시너 냄새에 정신이 번쩍 들었다. 나는 순간적으로 "시너 살 수 없을까요?" 하면서 바지 뒷주머니에서 꺼낸 반 달 분의 용돈 천 엔짜리를 내밀었다. 돈을 뚫어지게 쳐다보는 남자의 어깨 너머로 단칸방과, 벽에 기대고 앉아 소리 없는 텔레비전을 실눈으로 보고 있는 남자와, 무릎을 세우고 그 사이에 얼굴을 파묻고 있는 남자가 보였다. 끊어져가는 형광등이 천천히 점멸하는데 그때마다 생기는 순간적인 어둠이 텔레비전에서 나오는 빛으로 채색된 두 사람을 무거운 막으로 감싸는 것 같았다. 어둡게 팬 구멍 속에 뿌려놓은 보석의 광채 같은 빛이 눈에서 떨어지질 않았다.

어깨에서 갑자기 힘이 빠져나가는 걸 느꼈다.

"누구한테 여기 애길 들었지?"

눈앞에 있는 남자의 말이 귀에 들어와 눈을 들었다. 아래턱에 오래된 상처가 있었는데 살이 솟아올라 오 센티쯤 되는 흉터를 이루고 있었다.

"누구한테 들은 게 아니라…… 유명하니까요."

나는 침착했다. 지금은 어쩔 수 없다. 그 깊숙이 들어간 어두운 구멍의 보석 같은 반짝임이 나를 구해주었다.

남자는 내 손에서 천 엔짜리를 빼앗아 쥐고는 안으로 들어가 투명한 액체가 반쯤 들어 있는 한 되짜리 병을 손에 들고 히죽히죽 웃으면서 돌아왔다.

"깎아준 거야. 필요할 때는 언제든지 와."

나는 대답도 하지 않고 한 되짜리 병을 받아들고 철제 계단을 내려갔다. 이건 굴욕인가, 라고도 생각했지만, 정작 그런 느낌은 들지 않았다. 나에게는 나에게 맞는 방법이 있는 거라고 자신을 타일렀다.

다음날 점심시간에 학교를 빠져나와 문화주택으로 향했다. 가는 길에 어제 가나코와 같이 간 공원에 들러서 수풀에 숨겨놓은 한 되짜리 병을 자루에 처넣었다.

철제 계단을 뛰어 올라갔다. 이 시간에는 아무도 없을 것이라고 제멋대로 단정했다. 설령 세 사람 중 한 사람이라도 있다 한들 둘러대기야 식은 죽 먹기지, 라고 생각하며 어젯밤에는 대사까지 준비해놓았다. 그래도 노크할 때는 목덜미가 굳어질 정도로 긴장됐다. 아무도 없었다.

깜짝 놀라 뒤를 돌아보았다. 할머니가 장바구니를 실은 유모차를 밀면서 걸어가고 있었다. 구월치고는 너무나 뜨거운 햇볕 아래, 비척거리다가 그만 길가에 쓰러질 것만 같았다. 휴우 하고 숨을 내쉬자, 셔츠가 땀에 젖어 피부에 찰싹 달라붙는 것이 기분 나빴다. 자루에서 일자 드라이버를 꺼내 문 손잡이의 열쇠 구멍에다 찔러넣고 드라이버 자루를 잡고 허리로 힘껏 밀었다. 손잡이를 좌우로 세게 돌렸더니 간단히 열렸다. 잘 안 열릴 거라고는 생각하지도 않았지만, 이렇게 쉽게 열린 것도 믿어지지 않았다.

커튼 없는 창문으로 햇빛이 들어와서 방 안은 꽤 밝았

다. 신발을 신은 채 들어가서 심호흡을 했다. 시너 냄새
는 거의 나지 않았다. 마치 사람이 살지 않는 것처럼 건
조하고 먼지가 많았다. 작은 텔레비전과 단정하게 겹쳐
쌓아놓은 수십 권의 만화책, 구석에는 이불이 개켜져 있
었다. 개수대에는 물 담긴 재떨이가 있고, 그릇과 젓가락
컵이 세면기에 쌓여 있었다. 개수대 밑에 있는 찬장을 열
어보니, 속이 꽉 찬 한 되짜리 병 세 개가 나란이 놓여 있
었다. 꽤 검소하고 꼼꼼한 놈들이구나. 나도 몰래 웃음이
나올 것만 같았다.

방 가운데 앉아 한숨 돌리고 나니 이 방이 내 방과 닮
은 것 같다는 생각이 들었다. 점멸하는 형광등 아래서 시
너를 마시고, 음식을 먹거나, 멍하니 텔레비전을 보거나
만화를 보고, 나갈 때는 방을 정리하고 불 단속도 꼼꼼하
게 하고, 가끔 제멋대로 뛰어들어온 여자와 즐긴다.

내 방에서 그런 일이 일어난다고 상상하니, 재미있겠
다, 그런 생활을 해보고 싶다는 생각이 들었다.

나는 내가 까닭도 없이 웃고 있는 것을 깨달았다. 나는
그런 것을 원하고 있는 게 아니다. 일어나서 자루에서 한
되짜리 병을 꺼내 뚜껑을 열고 내용물을 방 안에 뿌렸다.
개수대 밑에서도 한 되짜리 병을 꺼내 뿌렸다. 익숙하지

않은 시너 냄새 때문에 구역질이 났다.

토방에 서서 주머니에서 성냥을 꺼내 성냥개비 세 개를 하나로 모아 쥐고 불을 붙여 던졌다. 눈을 깜빡일 새도 없었다. 방바닥에서 일제히 타올라 천장에 닿은 불길은 순식간에 방 안을 채워 더 번질 장소를 찾아 소용돌이치면서 토방으로 밀려왔다. 떠밀리듯 복도로 뛰쳐나왔을 때 오른쪽에 문이 세 개 나란히 있는 것을 알았다. 다짜고짜 달려가 세 집의 문을 차례로 두드렸다.

"불이야! 아무도 없어요? 불이야!"

돌아보니 방금 뛰쳐나온 문틈으로 불길 자락이 언뜻언뜻 보인다. 그곳을 향해 달려가, 그러나 방 쪽으로는 눈길을 돌리지 않으면서 철제 계단을 미끄러지듯 내려갔다. 그냥 가려다가, 일층에 있는 네 집의 문을 소리를 지르면서 두드리고 돌아다녔다. 숨이 차서 잠시 멈춰 섰다. 뒷걸음질치며 쳐다보니 불길은 옆방으로 옮겨붙었고, 현관 옆에 있는 작은 창문의 유리를 깨뜨리고 사람들이 바깥으로 나오려 하고 있었다. 다른 일곱 개의 문에서는 아무도 나오지 않는다. 현기증이 났다. 갑자기 어떤 육중한 힘이 내 어깨를 잡았다.

"잘도 탄다. 이거 속수무책이로군. 곧 소방차가 올 테니 어떻게든 되겠지. 그래도 이 시간이라 다행이야. 저기엔 아무도 없어. 불길이 이웃집으로 옮겨붙지 않아야 할텐데."

옆을 보니, 풍성한 백발에 기름을 발라 뒤로 단정하게 빗어넘긴 할아버지가 태평스러운 말투와는 대조를 이루는 엄한 눈빛으로 문화주택을 뚫어지게 보고 있었다. 나는 방에 아무도 없다는 확신을 겨우 얻고는 맥없이 그 자리에 주저앉았다. 내 어깨를 잡은 할아버지도 덩달아 주저앉았다.

소방차가 몇 대나 왔다. 줄이 쳐지고 나와 할아버지는 밖으로 쫓겨났다. 사람들이 많이 모여들었다. 내 눈에는 소화 작업에 애를 먹고 있는 것같이 보였는데 할아버지는 순조롭게 진행되고 있다고 했다. 불길이 다른 데로 옮겨붙지는 않을 것 같다면서 내 어깨를 잡은 손에 한층 더 힘을 주었다. 방의 개수대가 있는 곳에서 펑 하며 불기둥이 솟구치자 환성을 질러대는 구경꾼들을 따라 나도 할아버지도 얼떨결에, 와아! 하고 소리를 질렀다.

나는 군중 속에서 불길과 물줄기의 격투를 응시하면서 그저, 잘됐다, 정말 잘됐다, 아무도 안 죽었고, 무엇보다도 가나코는 여기서 해방됐다, 모든 것이 잘된 거야라고 몇 번이나 되풀이해서 중얼거렸다.

*

이와타흥산이 소유한 문화주택이 불에 타고 있다는 소식을 들은 양씨 형제는 가게를 제쳐놓고 뛰쳐나왔다. 화재 원인에 따라서 이와타 사장은 돈을 끌어내기 위해 야비하게 나올 거다, 그런데 어쩌면 사장이 불을 낸 게 아닐까? 보험에 들어 있을 거고 새로 맨션이라도 짓는 게 돈을 훨씬 더 벌 수 있을 테니까, 등등 두 형제는 신나게 이야기를 주고받았다.

소방대의 일은 이미 끝나 있었다. 건물의 오른쪽 삼분의 일은 가까스로 원형을 남기고 있었지만, 왼쪽은 눌어붙은 두 개의 기둥과 뒤틀린 철제 계단이 땅에 꽂혀 있을 뿐이었다. 이미 구경꾼들의 모습도 거의 보이지 않아, 경찰관과 이야기를 나누고 있는 이와타 사장을 금방 찾을 수 있었다. 두 사람 사이에 이와타 사장에게 안기듯 소년이 서 있었다. 형제는 뼈다귀의 조카라는 걸 금방 알았다. 형제는 히죽거리며 다가갔다. 특히 동생은 대강의 사정을 알고 있다는 듯 몇 번이나 고개를 끄덕였다.

"이와타 사장님, 큰일났네요."

동생이 진심으로 걱정스러운 얼굴로 이야기에 끼어들었다. 경찰관과 이와타 사장이 의아스러운 눈빛으로 동생을 보았다. 동생은 둘의 시선을 무시한 채 그제서야 료이치가 있는 걸 알았다는 듯이 큰 소리로 말했다.

"어? 뼈다귀의 조카가 왠일로 여기 있지? 이와타 사장님, 애가 무슨 짓을 한 거예요? 그런데 불이 난 곳은 저 방이라면서요? 사장님, 불량배들의 집합소로서 안성맞춤인 장소를 제공해왔으니 언젠가는 이렇게 될 줄 알았어요. 그 놈들은 시너를 여기저기 흘려놓고 담배를 피우곤 하거든요. 집주인으로서 당연히 책임을 지셔야 하는 거 아니에요?"

이와타는 당황해하며 동생을 데리고 경찰관 앞을 피했다.

"양씨, 자네는 자네 일이나 할 것이지 어째서 남의 일에 그런 말을 함부로 하는 거야? 나한테 무슨 원한이라도 있나? 피해자인 나한테 책임이 있다는 식의 말은 삼가게."

"어, 이것 참 실례했습니다. 전, 이번 화재에 뼈다귀의 조카가 관련되어 있으면 이와타 사장님 뜻대로는 안 될 거라 생각해서요, 참견하지 않을 수가 없었지요."

이와타는 동생의 말에 반발은커녕 오히려 얘기가 잘 통하는 한 패한테나 보여주는 듯한 과장된 몸짓으로 어깨를 움츠리며 상을 찡그렸다.

"자넨 정말 눈치가 빠르네 그려. 자네 말대로야. 내가 뭘 물어봐도 한마디도 대답을 안 하던 저애가 경찰관에게 순순히 이름과 주소를 말할 때 난 일이 재미없게 됐다고 생각했어. 보험에는 들었지만 그걸로는 아주 모자라거든."

이와타는 갑자기 불안해졌는지, 손짓까지 해가며 이야기하는 료이치와 이제는 세 명으로 늘어나 료이치의 이야기에 귀를 귀울이는 경찰관들을 보았다.

이와타흥산의 문화주택에 불을 붙인 사람이 뼈다귀의 조카라는 소문은 순식간에 온 동네에 번졌다. 그러나 동네 사람들은 료이치를 너그러이 봐주었다. 불이 나기 전날 시너를 산 방에, 따로 마땅한 장소가 없어서 시너를 마시러 들어갔다가, 그만 잘못해서 담뱃불을 이불에 옮기고 말았다는 료이치의 증언은 앞뒤가 맞고 너무나도 있을 수 있는 일이라 아무도 의심하지 않았던 것이다. 자신이 소유한 건물들을 두루 순회하는 게 일과인 이와타가 마침 료이치가 옆방의 문을 두드리고 돌아다니는 것을 보았기 때문에 이와타조차 료이치가 고의로 불을 붙였다고는 생각하지 못했다.

끝난 일은 어떻든 상관없고 동네 사람들은 탐욕스러운 이와타 사장이 뼈다귀에게 어떤 반응을 보일까에만 주목하고 있었다. 주민의 반이 한국 사람인데도 동네의 지배층은 일본 사람들이었고, 이와타는 그중에서도 영향력 있는 사람이었다.

이와타의 집안은 동네의 일부가 습지였을 때부터 내려온 대지주였고, 지금의 땅 주인이 되고 나서는 전쟁 후에 불탄 들판뿐만 아니라 공습을 면한 집단주택들을 헐어서 집세 수입 효율이 높은 문화주택이나 다세대주택을 잇따라 지었다. 또한, 외국인에게는 집을 빌려주지 않는 많은 집주인과 달리 그는 건너온 지 얼마 안 되어 말도 잘 모르는 한국 사람에게도 재일 한국인 보증인만 있으면 일본 사람과 차별을 두지 않고 집을 빌려주었다.

그렇다고 이와타가 한국 사람들에게 감사를 받거나 존경을 받는 일은 없었다. 월세가 두 달만 체납되어도 이와타흥산의 징수 전문사원이 스물네 시간 현관에 붙어 있

었고 석 달이 체납되면 짐을 모두 밖으로 내던졌다. 한반
도에서 온 밀항자의 경우에는 주저 없이 경찰에 통보했
다. 동네 아이가 야구를 하다 유리를 깨뜨리면 유리값에
얼마를 더해서 배상을 할 때까지 부모는 이와타의 징수
전문사원한테서 해방될 수가 없다. 건물이 낡아 자꾸 고
장이 나니 고쳐달라고 하면 마침 개축 검토중이었다면서
계약 만료와 동시에 쫓아내버린다. 이와타가 제시하는
임대 계약은 대부분이 육 개월이며 월세 든 사람은 갱신
할 때마다, 특히 아무 데도 호소할 수 없는 약한 입장에
있는 사람들은 일방적으로 계약이 중단되는 게 아닌가
벌벌 떠는 것이었다. 이와타가 집세만 정확히 지불하면
누구에게나 방을 빌려준다는 것을 다 알기 때문에 양씨
형제의 동생이 말한 것처럼 시너를 들이마시는 불량배
따위에게 방을 빌려준 책임도 면할 수 없을 거라고 동네
사람들은 생각하고 있었다. 그리고 이와타가 뼈다귀와
매듭을 짓지 않고 그냥 적당히 넘어가기란 불가능할 거
라고도 생각했다. 오래된 이야기이긴 하지만, 아이의 불
장난으로 세들어 살던 집을 반쯤 태운 가난한 부부에게
이와타가 집 수리비 명목으로 차용증을 쓰게 한 다음 월
십 퍼센트의 이자를 붙이는 바람에 이자 지불을 하느라

그 가난한 부부가 매주 400cc의 피를 오 년에 걸쳐 팔아야 했던 기억이 동네 사람들에게 생생하게 남아 있기 때문이었다.

양씨 형제는 일란성 쌍둥이라 어렸을 때는 많이 닮았었는데, 성장하면서 점차 체격에 차이가 생겨, 형은 네모진 얼굴에 단단하게 살이 쪘고, 동생은 날씬하면서도 근육질이고 볼이 홀쭉했다. 그러나 성격은 꼭 닮았다고 동네 사람 모두 생각하고 있었다. 그러나 양씨 형제는 매우 의아스럽게 생각했다. 동생은 자신은 자상하고 배려가 넘치는데 형은 신경이 세 개 정도 모자라다고 생각했고, 형은 호방한 자신에 비해 동생은 계산이 빠를 뿐 허약한 정신의 소유자라고 생각하고 있었다. 그러나 그들은 자기들이 너무나 다혈질이라, 일단 부아가 나면 제정신을 되찾을 때까지의 몇 초 혹은 몇 분 사이에 일어난 일들을 전혀 기억하지 못하는 점은 꼭 닮았다고 인정하고 있었다.

불에 타버린 문화주택은 형제에게는 잊을 수 없는 추억이 담긴 곳이다. 예전에는 그곳에 다세대주택이 있었고, 그들이 열다섯 살이던 1962년부터 이 년 간 그곳에서 살았다. 육 개월 전, 아버지의 가게 앞에서 이인조 고등학생과 싸움이 붙어 각자 상대방의 어깨를 칼로 찔러서 사이좋게 소년원에 들어간 것이 계기였다. 그때 가족들은 좁은 가게의 이층방에 살았고 아버지는 집을 마련하기 위해 필사적으로 일하고 있었다. 형제가 소년원에서 나오자 아버지는 세상에 대한 체면과 때마침 아내가 딸을 낳아 집이 좁아졌기 때문이라며 이와타흥산의 다세대주택을 얻어 아들 둘을 처넣었던 것이다.

형제는 지금도 가끔 그 당시를 돌이켜보고 그때가 지금까지의 인생에서 가장 즐겁고 알찼다고 추억에 젖곤했다. 그런 이야기에 등장하는 것은 여자들뿐이었다.

그들은 겨우 중학생이었지만, 더이상 주먹질을 하며 싸우는 일도 없었고, 약물 같은 건 시시하게 느낄 만큼 여자에 푹 빠져 있었다. 절과 큰 주물공장에 둘러싸인 다세대주택은 꽤 낡고 빈 방이 많아 사람들의 출입이 뜸한 것도 그들에게는 안성맞춤이었다. 바둑판 모양으로 난 좁은 골목길에 연립주택과 공장과 상점이 꽉 들어선 어수선한 이 동네에 있으면서도 한 채만 있는 듯 조용한 곳이었다.

처음에 그들은 시녀를 방에 상비해두고 불량 여중고생들을 끌어들였다. 여자애들은 가벼운 마음으로 찾아왔는데, 시너에 취한 여자를 안아봤자 상대는 다른 세계를 떠돌 뿐 전혀 쾌감을 느낄 수 없었기 때문에 얼마 가지 않아 그만두었다. 색기 넘치는 친구의 누나를 찍어놓고, 대학에서 돌아오기를 기다렸다가 친구를 핑계 삼아 방에 들였을 때는 마음이 내키지는 않았지만 두서너 대 정도 때려야 했었다. 라면을 배달하는 마흔 살짜리 중국집 여주인은 해보지 못한 더블 플레이에 맛을 들여 먼 옛날의 보물이라도 되찾은 듯, 주문도 안 했는데 만두며 탕수육을 들고 부지런히 드나들기 시작했다. 형제도 농밀한 섹스에 만족을 느껴 이 관계는 비교적 오래 지속되었다. 덕택에 형제는 혈색이 좋아지고 동생은 좀 살이 쪘다. 뼈다귀의 여동생은 형제보다 두 살 아래이며, 이야기를 나눈 적은 없지만 얼굴은 익히 알고 있었다. 뼈다귀의 여동생이 형제가 사는 다세대주택에 석간 신문을 배달하러 오게 되자, 형제는 아 참 그랬지, 뼈다귀는 얼마 전에 파친코 가게 앞에서 깡패를 찔러 소년원에 들어갔지, 살림을 돕겠다고 신문배달을 하다니 기특하구나, 하며 격려하는 뜻으로 말을 걸기도 했는데, 뼈다귀의 여동생은 형제를 볼 때마다 꼭 낮은 비명을 지르고 커다란 엉덩이를 흔들며 도망치는 것이었다.

그런 일이 몇 번이나 계속되자 형제도 기분이 잡쳐, 먹어버려야겠다는 발상이 자연적으로 일어났고, 일단 마음을 먹고 나자 조금도 주저하지 않고 그날로 저항이고 뭐고 앗 소리 낼 틈도 주지 않고 세 평짜리 방으로 끌어들였다.

고무줄이 늘어난 속옷을 슬쩍 벗긴 순간부터 몸은 긴장하고 있으면서도 전혀 저항하지 않는 뼈다귀의 동생에게 형제는 신문배달이 끝나는 대로 매일 여기 와, 안 오면 이 아파트에는 배달 못 하게 할 테니까, 라고 협박했다. 뼈다귀의 여동생은 충실하게 명령에 따랐다.

평소에는 뭘 두려워하는지 흠칫거리는 모습이, 보고 있노라면 자꾸 구박하고 싶어지는 그런 촌스러운 여자애지만, 벗겨놓고 가랑이를 조금만 만져도 거대한 엉덩이에서, 중학생이라고는 생각할 수 없는, 발효한 오징어젓 같은 냄새를 내는 것이 아주 신기하기도 하고 매력적이기도 했다. 때로는 자기들조차 감당하기 어려워 도중에 맥이 빠지기도 했다. 응축된 냄새가 방에 가득 차서 숨을 못 쉬게 되는 것이다. 그런데도 그들을 뼈다귀의 여동생을 좋아했다.

이거 팔리겠는데, 하고 갑자기 형이 말했을 때 동생은

아버지 가게에 팔겠다는 뜻인 줄 알았다. 그러나 곧 말뜻을 알아채고는 형에게 물어보듯이 자문했다.

"그런데 어떻게 고객을 찾지."

그때 희한하게도 중국집 주인이 라면을 배달하러 왔다. 동생은 친한 선배에게 의논이라도 하듯 선뜻 물어보았다.

"사장님, 돈이 필요한 애가 있는데 좀 도와주세요."

중국집 주인은 동생의 얼굴을 뚫어지게 쳐다보다가 아무 말도 하지 않고 돈을 받고 돌아갔다.

저녁에 중국집 주인이 빈 그릇을 찾으러 왔을 때, 동생은 토방과 방 사이에 친 커튼을 밀어젖히고 중국집 주인에게 저애라고 속삭였다. 뼈다귀의 동생은 마침 속옷이 벗겨진 채 이불 위에 누워 있었다.

"저애, 고철상 다카야마네 딸 아냐?…… 그래, 돈에 쪼달리기도 하겠지. 아버지란 놈은 증발, 오빠는 소년원, 그런 별난 집구석에 모녀가 살며, 시장에 채소 찌꺼기를 주우러 다니는 지경이니. 불쌍해라."

중국집 주인은 그렇게 말하고 나서 고개를 숙이더니 아무 말도 안 했다. 내버려두면 언제까지나 멀거니 서 있을 것 같은 모습을 보고 동생은 끄덕이면서 방에 들어갔다가 형과 같이 나왔다.

동생은 중국집 주인 어깨에 허물없이 손을 올려놓고, 저애한테는 알아듣게 말해두었으니 잘 위로해줘라, 우리는 가게에 가서 사모님한테 사장님이 사정이 있어서 한 시간쯤 못 돌아오실 거라고 전하고 오겠다, 고 말했다. 중국집 주인은 한 시간씩이나 가게를 비울 수는 없다, 이십 분이면 돌아간다고 전해달라고 부탁했다.

형제는 꼭 이십 분 후에 방 앞에 서 있었다. 그들은 가게에 가득 찬 손님을 치르느라 화가 난 중국집 여자에게 심하게 싫은소리를 듣고 기분이 나빠 있었다. 문 손잡이를 당겼지만 안에서 잠겨 있었다. 동생은 화가 치밀어서 문을 차려고 했다. 형이 간신히 현관까지 이끌고 나와 귀엣말을 했다.

"그 정도로 참아라. 처음이 중요하다구. 그 사장, 다시 오게 해야 할 거 아냐. 새 손님을 데리고 올지도 모르고."

"그까짓 건 아무것도 아니야. 저자가 우리를 내쫓은 거라고. 본때를 보여줘야지."

"이 바보야, 생각 좀 해라. 뼈다귀의 여동생한테는 돈이 필요해. 우리들도 그렇고, 젊은 여자애 원하는 영감들은 얼마든지 있어. 이건 해볼 만한 장사라고. 이걸로 모두가 행복해진단 말이야.”

동생은 형을 뚫어지게 보더니 마침내 수긍했다.

양씨 형제가 다시 방에 당도하기 전에 문이 열리고 중국집 주인이 나왔다. 시선을 피하며 머리를 숙인 채 지나가려는 중국집 주인을 동생이 잡았다.

“사장님, 그애한테 얼마 주셨어요?…… 오백 엔? 너무 짜다. 안 돼요, 안 돼. 삼천 엔 더 내셔야지.”

“삼천오백 엔! 터무니없이 비싸구먼. 이천 엔에 해줘.”

“그럼 삼천 엔. 저애한테 이천 엔 주고 우리가 천 엔. 어차피 또 오실 테니까. 그리 하세요.”

중국집 주인은 동생 얼굴을 쳐다보았다. 그리고 바지 주머니에서 반으로 접은 지폐 뭉치를 꺼냈다가 백 엔짜리와 오백 엔짜리 지폐를 몇장씩 뺐다.

형제가 방에 들어가 보니 뼈다귀의 동생은 옷을 입고 벽 옆에 앉아서 갓 없는 알전구에 비쳐보듯이 양손으로 오백 엔짜리 지폐를 펼쳐들고 있었다. 동생은 웃음이 나오는 걸 참고 생각 끝에 오백 엔짜리 한 장을 쥐어주었다. 뼈다귀의 여동생은 이것도 자기 몫이냐고 묻는 듯 두 눈을 크게 뜨고 동생을 올려다보았다. 동생은 고개를 두 번 끄덕였다. 그리고 계속 해야 한다는 듯이 형이 그녀의 속옷을 벗기고 넘어뜨린 곁에 쭈그리고 앉아서 말만 잘 들으면 한 번에 천 엔을 주겠어, 라고 뜻있는 말을 하듯 중얼거렸다.

형제는 뼈다귀의 동생에게 신문배달을 그만두게 하고 학교가 끝나는 대로 아파트에 오게 했다. 중국집 주인은 새 손님 세 명을 데리고 왔다. 그중 둘은 동네에서 가끔 보는 중년 남자, 나머지 한 사람은 중국집 주인이 개인적으로 아는 중년 남자인데 세 사람 다 매주 한 번쯤 다니게 됐다. 많지는 않았지만 자기들 나이로는 좀처럼 벌 수 없는 돈이 들어오는 데에 형제는 만족해했다.

얼마 안 가서 중국집 주인은 네번째 손님을 데리고 왔다. 집주인인 이와타였다. 형제는 깜짝 놀랐고 중국집 주인이 손님이라고 하니까 비난하러 온 건 아니려니 생각해도, 왠지 긴장이 되었다. 이와타가 비정하다는 소문은 그들도 들어서 알고 있었다.

이와타는 긴장하고 있는 형제에게 술과 오징어회를 가져오라고 했다. 그 태도에 불만스러워하는 동생을 가라앉힌 것은 이번에도 형이었다.

"일단 시키는 대로 하자. 돈을 더 많이 주겠지."

그런데 형제는 주인의 명령을 기다리는 개처럼 언제까

지나 복도에서 꼼짝 못 하고 서 있어야 했다. 방을 빌려주는 시간을 길어도 한 시간으로 정해놓고 지켜왔는데 이와타는 여기를 히다 신시가지의 요정으로 생각하는지 천천히 술을 마시고 중국집에 밥까지 배달시켜놓고, 기다리다 지쳐 형제가 어떻게 할 거냐고 물은 후에야 오늘 밤에는 자고 간다고 말했다.

"저 영감, 도대체 무슨 생각을 하는 거야?"

점점 약이 오르기 시작한 형이 말하자 동생도 동조했다.

"끌어내다 개천에 내던져버릴까?"

"또 그 소리냐? 하지만 던져버리기 전에 우선 몽땅 털어야지."

"그렇게까지 할 거라면 살려둘 수는 없잖아? 어중간하게 해놓으면 나중에 시끄러워질 테니까."

"해치워버려?"

"바보 같은 소리 마. 난 아직 살인자는 되고 싶지 않아."

"아직이라니? 그럼 언젠간 되겠다는 뜻이야? 그렇지만 어차피 죽일 거라면 지금이야. 지금이라면 이삼 년만 유치장에 가 있으면 돼."

"그런 문제가 아니야. 우린 아직 그 정도의 악당은 안

됐다는 뜻이야. 거기에 이르기까지 아직 많은 관문이 남아 있어.”

“그럴까? 소년원에 가게 된 그때도 우연히 칼이 어깨에 꽂힌 거였지만, 나도 너도 기분은 완전히 살인자였어.”

“그때는 완전히 제정신이 아니었지.”

“그럼, 어쩌지? 어쨌든 이대로 제멋대로 하게 내버려둘 수는 없잖아.”

“조금만 더 기다려보자. 아직 일곱시도 안 됐고.”

“야아, 너무 마음이 약하시네. 인간 둥글둥글해지면 끝장이야.”

“뭐라고? 아까 일단 시키는 대로 하자면서 나를 말린 게 누군데? 너, 말 조심해.”

“그러니까 내 말은, 인간에게는 참는 데 한계가 있다는 말씀이야 …… 하지만 조금만 더 기다려볼까? 그 영감, 얼마나 내놓을지 기대가 되네.”

“시끄러워! 성질나네. 영감 껍데기를 몽땅 벗겨 개천에다 던져버리겠어.”

“어, 그래? 결심했어? 그래도 난 안 도와줄 거야. 혼자 잘해봐.”

"나 혼자서? 그렇게는 안 될걸. 너도 끌고 들어갈 거야. 잡히면 너랑 같이 했다고 할 거야."

"너 진짜, 일 낼 작정이로구나. 풋내기 때 할 수 있는 건 다 해둬야지. 하지만, 이삼 년 동안 이 세상에서 사라지는 놈은 너뿐일걸. 아무리 네가 머리를 써도 나를 공범자로 만들 수는 없어. 왜냐하면 난 지금 당장 사람들 눈에 띄는 곳으로 달려가서 신고해버릴 테니까."

"이 더러운 놈! 창자 속까지 썩을 대로 썩었구나!"

심한 말을 주고받으면서도 둘은 히죽거리고 있었다. 형제는 서로 장난치듯 말을 주고받으면서 견디기 힘든 시간을 때우고 있는 것이었다. 그들은 순간적으로 이성을 잃을 때가 있지만, 평소엔 이렇게 해서 기분 나쁜 일을 흘려버릴 수 있었다.

갑자기 미닫이가 열리고, 뼈다귀의 여동생이 나왔다. 형제는 잠시 한눈을 팔다가 그녀가 빠른 걸음으로 자기들 틈을 비집고 빠져나가는 것을 하마터면 놓칠 뻔했다.

동생이 뒤따라가서 무슨 일이 있었느냐고 물었다.

"빨리 집에 안 가면 엄마한테 혼난단 말이야."

그녀는 울면서 겨우 그렇게만 말하고 동생을 뿌리치고 가버렸다.

형제는 방으로 들어갔다. 이와타는 바지를 올리고 벨트를 졸라매고 있었다. 무슨 말을 어떻게 해야 할지 몰라 당황해하는 형제에게 이와타가 불쾌한 어조로 말했다.

"집에 가고 싶다면서 울기 시작했다. 정말 성질이 급한 계집애야."

돌아가려는 이와타에게 동생이 주뼛주뼛 그애한테 얼마를 주었느냐고 물었다. 이와타는 주고 말고 할 틈도 없었다면서 분한 표정으로 오 천엔짜리를 내밀었다.

형제는 마음이 놓였다. 그리고 이와타가 또 오겠다는 말을 남기고 간 후, 그러고 보니 영감 할 짓은 다 했구나, 라고 확신하고 단골손님이 한 사람 더 생겨서 잘됐다고 기뻐했다.

이튿날 형제는 이야기하지 않으려는 뼈다귀의 여동생을 힘겹게 구슬러서 전날 있었던 일을 샅샅이 캐물어 알아냈다. 요약하면, 이와타는 그녀에게 한 되병 술을 컵에 따르게 하고 밥을 같이 먹고 혼자 계속 술을 마시면서 말도 안 하고 흘끗흘끗 자기를 쳐다보기만 했다는 것이다. 기분이 나빠 빨리 집에 가고 싶었지만 말도 못 하고 있었는데, 오늘 밤 자고 간다는 걸 알고는 죽을 것만 같았다. 참다 못해 울기 시작하자 이와타가 크게 놀랐고, 그녀가

기필코 가야 한다고 호소했더니, 이와타가 그래? 그럼 왜 진작 말을 안 했느냐고 투덜대면서 다가와 황급히 옷을 벗기고 순식간에 일을 보았다는 것이다.

형제는 낄낄 웃었다. 자기들한테는 감당하기 힘든 영감이지만 '조루증' 앞에서는 맥을 못 춘다. 이와타 정도의 남자에게 조금이나마 위엄을 느끼고 있던 자기들이 정말 바보였다는 걸 깨닫고, 그녀에게 이 천 엔을 건네주었다.

이와타는 이틀 후에 다시 찾아왔다. 형제가 한 시간 안에 끝내달라고 공손히 말하자 이와타는 타고난 우거지상으로 알았다고 말했다. 그리고 십오 분 만에 나왔다. 형제는 웃음을 참느라 목구멍에 힘을 주고, 양미간을 찌푸리고 계속 발밑을 보고 있었더니, 이와타는 그들이 화가 난 줄로 착각하고, 처음에 꺼낸 천 엔짜리 석 장에다 엉겁결에 두 장을 더 보탰다.

형제는 횡재한 것을 솔직히 기뻐했고, 이와타가 자주 찾아오기를 고대하게 되었다. 찾아오면 가능한 한 공손히 대했다. 이와타는 곧 자신의 착각으로 필요 이상의 돈을 낸 거라는 걸 알고 분해했지만, 가시지 않는 썩은 오징어젓 같은 냄새에 이끌려 이틀이 멀다하고 찾아왔다.

뭐라고 표현할 수 없는 독특한 엉덩이라고 중국집 주인도 매번 말한다. 자기들한테는 때론 너무 강한 그 냄새가 어른들한테는 견딜 수 없이 매력적이구나, 하고 형제는 자신들의 미숙함을 생각했다.

별난 엉덩이를 가진 여자애가 있다는 소문은 조용히, 그러나 확실하게 퍼져나갔다. 단골손님만도 열 명을 넘어, 형제는 시간 조정에 고심하게 되었다. 손님들은 모두 중년에서 초로였으며, 형제 앞에서는 한결같이 말이 없었고 타고난 듯한 우거지상을 펴지 않았다. 형제는 손님들이 왜 그러는지 이상하게 생각했지만, 설마 십대 사내아이들이 마련한 갈보집에 여중생을 사러 오는 것이 마음에 켕기거나 부끄러워서 그러리라고는 생각도 못 했다.

형제는 행복했다. 이대로 고객이 계속 늘어가면 안 좋다는 것 정도는 알고 있었지만, 좀더 돈을 벌고 싶었다. 재미는 이제부터라고 그들은 생각했다.

어느 날, 단골손님인 세탁소 주인의 이름을 대며 한 남자가 찾아왔다. 형제는 초여름인데도 트렌치 코트의 옷깃을 세우고 중절모자를 깊이 눌러 쓴 남자를, 건실한 사람이 아니라는 걸 알면서도 안으로 들여 보냈다. 남자는 삼십 분 만에 나오더니 아파트 앞 골목길에서 시간을 때우고 있는 형제에게 날카로운 눈매에 어울리는 차가운 도쿄 말투로 말을 걸었다.

"댁들 너무 하시네. 그애한테 물어봤더니 빚은 없다면서? 성병 검사도 한 번 안 시키고. 이게 어디 애들이 할 짓이야? 개만도 못한 놈들 같으니."

형제는 남자가 무슨 말을 하는 건지 얼른 이해하지 못했다. 라디오조차 제대로 들어본 적이 없는 그들은 귀에 선 표준말 억양을 일일이 머릿속에서 자기들의 말로 옮겨야 했다.

그 시간이 남자를 착각하게 만들었다. 남자는 재빨리 만 엔짜리 지폐 넉 장을 꺼내, 비교적 똑똑해 보이는 동생에게 내밀었다.

"이걸로 손 떼라. 너희들 좋으라고 하는 소리다. 아이 때는 아이답게 굴란 말이야."

남자는 돈을 쥔 손으로 동생의 멱살을 꾹꾹 눌러댔다. 처음에는 무슨 말인지 감을 못 잡고 있던 동생이 과민하게 반응하여 반사적으로 남자의 머리를 오른팔로 휘감아 흔들어댔다. 남자의 움직임은 빠르고 민첩했다. 동생의 엉덩이를 안아올리더니 그대로 뒤로 쓰러졌다. 상체를 뒤틀어 간신히 어깨에서 떨어진 동생은 눈 깜짝할 사이에 남자가 자기 위에 말타는 자세를 취한 것에 놀랐다. 한 대 두 대 맞고서야 겨우 정신이 들어 버르적거리기 시작했다. 살의가 치밀어 관자놀이가 터질 뻔했을 때 형이 남자와 동생 사이에 몸을 던져 끼어들었다. 이제 그만 하라고 형이 호소하자 남자는 숨 찬 기색도 없이 일어나 중절모자를 주워들고, 목숨 건진 줄 알라고 한마디 내뱉고는 빠른 걸음으로 가버렸다.

동생은 멀어져가는 남자의 등을 쳐다보면서 왜 바로 쫓아가지 못했는지 의아했다. 아무리 힘을 줘도 몸이 움직이지 않았다. 기색을 느껴 옆을 보니 형의 얼굴이 바로 옆에 있었다. 형이 자기를 깔아 누르고 있었다. 동생은 미친듯이 고함을 지르며 몸을 비틀어 빠져나왔다. 그리고 달려가다가 잠시 후 돌아왔다.

"왜, 왜 그랬어?"

동생은 아연해하며 우두커니 서 있는 형에게 주먹을 치켜세우며 달려들었다. 그러나 주먹은 형을 치지 않고 땅바닥을 내리쳤다. 동생은 "아, 아파" 하고 신음하면서 땅바닥에 쓰러져 주먹을 허공에 치켜세우며 발버둥을 치다가 엎드려서 땅바닥에 이마를 박아대기 시작했다. 자갈이 섞인 흙에 눈물로 옅어진 피가 배어나는데도 계속해서 이마를 박아댔다. "왜, 왜 그랬어?"라고 울부짖는 동생을 내려다보고 형은 진심으로 후회했다.

도대체 왜 그 남자를 뒤에서 덮치지 않은 걸까? 둘이 동시에 덤벼들어도 당할 수 없는 상대라면 돌이라도 주워서 뒤통수를 내리치면 됐을 텐데, 나는 동생을 배신한 거다. 당하는 게 두려워서 그랬을까? 결과를 미리 예측해서 그랬을까? 만일 그랬다면 난 차라리 죽는 게 낫다!

형은 우두커니 선 채 하염없이 눈물을 흘렸다.

이튿날 저녁, 몇 명의 형사와 경찰관들이 아파트에 왔다. 문 앞에 쭈그리고 앉아 있는 형제를 형사 둘과 경찰 다섯 명이 둘러싸고 나머지는 방을 덮쳤다.

형제는 순순히 연행되어, 태세를 갖추고 있던 경찰관들을 맥빠지게 했다. 그들은 어젯밤부터 되도록 머리를 텅 빈 상태로 해놓으려고 노력하고 있었다. 아무리 사소한 일이라도 조금만 생각하면 그 사건으로 이어지기 때문이었다.

훗날 형제는 경찰서에서의 취조나 가정재판소에서의 신문 등, 소년원에 보내질 때까지의 여러 가지 과정을 거의 떠올릴 수 없게 되었다. 그 한순간에 관한 모든 것을 기억으로부터 추방하고 싶었던 것이다. 몇 년이 지난 후 그 당시의 일을 추억거리로 이야기할 수 있게 되었을 때도, 서로가 같은 데서 기억이 완전히 끊겨버린 것을 알고 역시 쌍둥이구나, 라며 웃었다.

팔 개월 만에 소년원에서 나와 동네에 돌아온 그들은 우선 밥을 먹으러 중국집에 갔다. 그러나 여주인이 노골적으로 싫어하는 기색을 보였고, 중국집 주인은 그들을 밖으로 불러냈다.

그때 방에 있던 중국집 주인을 포함해 몇 명의 손님은 신원이 밝혀져 호출을 받았다. 그들처럼 엄중하게 주의를 받는 것으로 끝난 사람도 있었고, 전혀 조사를 받지 않은 손님도 있었다. 경찰에게 중요한 것은 어디까지나 십대 소년들이 여중생을 데리고 매춘을 했다는 것이었다. 중국집 주인은 그 트렌치 코트를 입은 남자에 대해서도 어느 정도 알고 있었다. 도쿄에서 온 뚜쟁이이며, 히다 신시가지 술집에서 우연히 옆에 앉은 세탁소 주인에게서 뼈다귀의 동생 소문을 듣고 빼돌릴 작정으로 온 것이었다. 세탁소 주인 말에 의하면 경찰에 신고한 사람은 그 남자일 거라는 거였다. 왜냐하면 그 남자는 그후 히다 신시가지에서 놀고 있는 세탁소 주인을 찾아내서, (이것은 비밀이지만) 얼마간의 돈을 주고 뼈다귀의 여동생 집을 캐물어 알아냈던 것이다. 세탁소 주인은 그 집에는 평판이 좋지 않은 아들이 소년원에서 돌아와 있다는 얘기까지 덧붙였다. 그후의 일은 모른다. 뼈다귀의 여동생은 한때 갱생원에 보호됐다가 그후에는 집에 있는 것 같았으니까, 그 남자가 어떻게 하지는 못했을 것이다. 어쩌면 뼈다귀와 한바탕 말썽이 있었을지도 모르겠다. 어쨌든 이번 일은 기적적으로 동네 주민들은 거의 모른다. 경찰도 시끄럽게 떠들지 않았고, 당사자들은 철저히 입을 다물고 있다, 그러니 안심하길 바란다.

중국집 주인은 형제에게 이렇게 보고하고 나서 겨우 마음이 놓였는지, 앞으로 자기가 어떻게 해줄 순 없겠지만, 열심히 살라고 어색하게 중얼거리며 가게로 돌아갔다.

형제는 가게 주인이 트렌치 코트 남자에 관해 언급했을 때, 형은 형대로, 동생은 동생대로 각자 서로를 의식했다. 그러나 만일 우연히 그 남자와 맞닥뜨리게 되더라도 아무것도 느끼지 못할 거라는 걸 알고 있었다. 그들의 응어리진 감정은 형이 동생을 깔아 누른 그 순간에 관한 것이지, 그 남자는 이미 얼굴조차 떠오르지 않는 드라마 속의 조역에 불과했다.

그후, 형제는 손님이었던 어른들이 자기들에게 일종의 약점을 잡혔다고 느끼는 것을 깨달았다. 길에서 우연히 만났을 때 형제에게 말을 걸든 무시하든 그들은 한결같이 눈을 내리뜨고 멋적게 웃었다.

아파트가 있었던 곳에 가보니 전혀 새로운 문화주택이 서 있었다. 동생이 눈물 섞인 피를 흘린 자갈길은 아스팔트로 포장되어 있었고, 어린아이가 납석(蠟石) 놀이를 하고 있었다. 형제가 얼굴을 위아래로 끄덕이면서 감탄하고 있을 때, 이와타가 나타났다. 이와타는 그들의 시선을 피하며, "어, 나왔구먼, 고생이 많았네" 했다. 그 모습은 시치미를 떼고 있다기보다는 떳떳하지 못한 데에서 오는 멋적은 웃음이었기 때문에, 형제는 귀엽다며 따라 웃기까지 했다.

제발 가만히 있어달라는 부모의 간청을 듣고, 아버지가 간신히 입수한 단독주택에 틀어박혀 있던 형제는, 세 살짜리 여동생을 데리고 놀면서 기분을 달랬다.

그들은 여동생을 아주 귀여워했다. 한 지붕 밑에 있다는 생각만으로도 마음이 편안해졌다. 목욕을 시키거나 옷을 갈아입힐 때에는 아무래도 동생이 컸을 때의 모습을 상상하게 돼서 치마 밑을 차마 볼 수가 없었다. 또한 동생이 유아적 호기심에서 만지지 않도록, 목욕탕에서는 자기들 성기를 가랑이 사이에 끼워넣곤 했는데, 그 자세가 의외로 신선하고 재미있었다.

그러던 어느 날, 그들은 소년원에 들어간 이래 거의 생각해본 적이 없었던 뼈다귀의 여동생을 떠올리게 됐다. 미안한 마음은 들지 않았다. 단지 오랫동안 맡지 않은 그 엉덩이 냄새가 견딜 수 없을 만큼 그리워진 것이다. 조금이나마 성장한 자기들에게 지금이라면 그 냄새가 어떻게 느껴질지 알고 싶었다. 그러나, 뼈다귀가 돌아와 있는 한 뻔뻔스럽게 집으로 찾아가거나 길가에서 기다릴 수는 없었다.

형제보다 두 살 위인 뼈다귀와 친하게 지낸 기억은 없다. 잠시 어울린 적이 있을지는 모르지만, 뼈다귀가 산인으로 이사갔을 때 그들은 겨우 여덟 살이었다.

다시 동네에 돌아온 뼈다귀는 완전히 변해 있었고, 서로 엇갈려 소년원에 들어갔기 때문에 얼굴 마주친 적도 거의 없다. 그런데도 비슷한 나이라, 뼈다귀가 파친코 가게 앞에서 폭행 사건을 일으키기까지의 소문은 듣고 있었다. 건달의 가랑이를 찌르려는 마음이 이해가 되지 않는 것도 아니었다.

그러나 그들은, 뼈다귀를 이해하기란 도저히 불가능하다는 걸 깨닫게 되었다.

소년원에서 나온 지 석달 후, 개천의 악취에 섞여 희미하게 꽃향기가 풍기는 봄이 되자, 그들은 한밤중에 돌아다니게 되었다. 그냥 어릴 때 친구를 찾아가거나 공원에서 담배를 피우거나 할 뿐이었다. 어느 날 밤 길을 걷고 있을 때 샛길에서 전에 손님이었던 렌즈깎이가 나타나 서둘러 걸어가는 것을 보았다. 그들은 무심코 뒤를 쫓았다. 이대로 가면 뼈다귀 집에 이를 거라고 둘 중의 누군가가 중얼거리자 흥미가 솟구쳤고, 설마 했던 그 집에 렌즈깎이가 들어가자 둘은 서로 얼굴을 마주 보며 이게 도대체 어찌된 일이냐며 서 있었다. 안달이 날 대로 난 상태에서 삼십 분을 기다렸다. 렌즈깎이가 나오자 잠시 걸어가게 한 후에 붙잡았다.

사십대 중반인 렌즈깎이는 무미건조한 성격에 뱃심이 두둑한 사람인데, 느닷없이 형제가 양쪽에서 달려들자, 움찔하더니 온몸에 경련을 일으켜 쓰러지듯이 제방에 등을 기댔다. 그리고 형제의 질문에 눈을 두리번거리며 대답하기 시작했다.

형제와 어긋나게 뼈다귀가 소년원에서 돌아오자 손님이었던 어른들은 전전긍긍하며 뼈다귀가 어떻게 나올지 살폈다. 뼈다귀가 폭행 사건뿐만 아니라 노름판 주인의 집에 방화했다고들 믿고 있어서 앞으로 무슨 짓을 저지를지 모른다고 동네 사람들은 생각한 것이다. 그런데 아무 일 없이 시간이 지나고 어찌된 일이냐고 서로 수군거릴 무렵, 뼈다귀는 죽음의 신 같은 불길한 모습으로 손님들 뒤를 쫓아다니기 시작했다. 손님들의 대부분이 장사꾼이나 공장노동자이므로 매일 정해진 길을 지나가는 경우가 많다고는 해도, 납품처 뒷문에 서서 소변을 보거나 마음에 드는 아가씨가 있는 다방 안을 창문으로 기웃거릴 때 갑자기 뒤에서 누군가 어깨에 손을 얹으면 등골이 오싹해지는 것이었다. 렌즈깎이의 경우도 점심시간에 파친코 가게에서 전날부터 눈독을 들여둔 파친코 기계 앞에 앉아 있는 손님에게 빨리 끝내라고 압력을 넣고 있을 때였다. 누군가 어깨에 손을 얹어서 뒤를 돌아다보니 아무도 없었다. 오싹해져 소리나는 쪽으로 시선을 떨구다가 뼈다귀가 있는 걸 확인하자 간이 서늘해졌다.

뼈다귀의 말투는 부드러웠다. 시간은 한밤중으로 정하

고 그 외는 전에 했던 대로 해도 괜찮다는 말을 건넸다. 손님들은 훗날 그건 거의 강제였다는 데에 의견을 같이 했다. 물론 강제던 아니던 그 사람들이 뼈다귀의 여동생을 좋아하는 건 분명했기 때문에 이건 더없는 기회였다. 그리하여 사람들은 밤마다 개천가에 있는 집에 드나들기 시작했다.

형제는 충격을 받았다. 그들은 렌즈깎이를 풀어준 후에도 잠시 그 자리에 선 채 서로의 눈을 뚫어지게 보면서 말없는 대화를 나눴다. '친동생이란 말이야. 아무리 지옥에 떨어진다 해도 우리는 그런 짓 못 해. 죽음의 신의 매복이라고? 우리도 죽음의 신이잖아. 우린 아직 애란 말인가? 그런 문제가 아닐 거야. 이렇게 된 원인은 우리한테 있어. 아무리 예측을 못 했다 하더라도 우리가 이렇게 괴로움을 당할 줄이야. 그런데 우리는 왜 괴로워하는 거지? 모르겠다. 그렇지만 괴롭다. 상관없다면 없는데. 사람의 마음이란 정말 묘하다.'

둘은 상대방의 눈동자를 서로 들여다보면서 눈동자에 자신들의 동생의 성장한 모습이 눈물에 희미하게 비친 것을 본 것 같은 느낌이 들었다.

맥이 풀린 형제에게 설상가상의 일이 벌어졌다. 아버

지가 이상하게 자신들의 눈치를 보더니 밤중에 슬그머니 나가는 것 같아, 어느 날 밤 뒤를 밟았다. 설마라고 생각한 것이 현실에 존재한다는 것을 경험한 그들이지만, 아버지가 뼈다귀의 집에 들어가는 것을 보았을 때는 아버지가 여동생을 욕보이는 것 같은 착각에 사로잡혀 형은 현기증이, 동생은 구역질이 났다.

형제는 아버지가 나오기를 기다렸다가 잠시 걷게 한 후에 바짝 뒤에 따라붙었다. 그들은 말없이 아버지를 바라보았다. 아버지는 눈을 내리뜨고, "다들 하는데 왜 그래?" 하고 아무렇지도 않게 말했다.

아버지는 가게가 안정선에 올라 집을 마련하면서부터 마음에 여유가 생겼는지, 그때까지 없었던 휴업일을 만들어놓고 취미를 찾는 데 시간을 할애하기 시작했다. 이제껏 일만 해온 아버지를 비난할 수는 없다. 우리가 씨를 뿌리고 가꿔서 열린 열매를 아버지가 몰래 먹은들 어떻단 말인가? 애당초 우리의 응어리진 감정이 도리에 어긋나는 게 아닐까? 지금 이대로 '모두가 행복'한 게 아닐까?

형제는 아버지 뒤를 터벅터벅 따라가면서 세상은 이런 거야, 라고 서로 중얼거렸다.

한 달 후, 운전면허를 딴 형제는 골목길에서 대형차와 부딪쳤다. 후진하려고 애를 쓰고 있는데 대형차가 자꾸 경적을 울려대는 바람에 화가 나서 차에서 내렸다. 성격이 거칠어졌다는 의식은 그들에게 없었다. 트렌치 코트 남자 사건 이래, 충동적인 행동에는 계산이나 공포심을 개입시키지 않겠다고 맹세한 형과, 그 동안 쭉 울분을 터뜨릴 기회를 찾고 있던 동생에게는 자연스러운 반응이었다.

동생은 살인 미수, 형은 폭행으로 인해 각각 이 년과 일 년을 소년원에서 보냈다. 먼저 나온 형은 나라의 깊은 산속에 있는 댐 공사 현장에서 일 년을 보낸 후, 동생을 마중 나갔다.

스무 살이 된 형제는 어깨를 나란히 하고 동네에 되돌아왔다. 부모에게 갱생을 맹세하고 가게에서 일하게 되었다. 감정의 응어리 같은 건 없었고 그들의 얼굴은 밝았다.

형제가 일하기 시작하면서 가게의 매상이 뚝 떨어졌다. 아버지는 이런 상태가 계속된다면 형제를 그만두게 해야겠다고 생각했지만, 서서히 매상이 회복되어 이전 매상을 능가하게 되자 친구뿐만 아니라 손님이나 주변 사람들에게 열심히 아들 칭찬을 하기 시작했다.

"아주머니, 사람은 알 수가 없어. 이애들 죽이고 나도 죽어버리겠다고 생각했던 옛날이 이제는 아득하게 느껴진다니까. 댁의 아들 중학교 이학년랬지요? 지난번 구멍가게에서 물건 훔치다 잡힌 거 봤는데 절대 포기하지 마슈. 아무리 못된 놈이라도 크고 나면 부모 호강시켜준다니까."

이런 말을 들으면, 여자 손님은 얼굴이 빨개져 도망쳤고, 형제도 뾰로통해지거나 아버지를 매섭게 쏘아보았다.

그들은 가게에서 손님 비위를 맞춰주기도 하고 공손히 머리를 숙이기도 하고 자기 가게 앞뿐만 아니라 옆의 수육가게 앞까지 쓸어주기도 해 사람들이 감탄하게 했다. 그러나 본인들은 미안하지만 자신들이 본질적으로 전혀 변하지 않았다는 것을 인정하지 않을 수 없었다. 그래서 가게에서 일하게 된 이래 스물여덟 살이 된 현재까지 거의 문제를 일으키지 않은 것이 더욱더 기적으로 여겨졌던 것이다.

*

경찰 취조실에서 나는 형사와 새파랗게 질린 담임 여

선생과 생활지도 교사인 체육 선생에게 둘러싸여 전날 밤부터 한 일뿐만 아니라, 성장과정과 시너 흡입 경험(적당히 그럴듯하게 꾸며댔다)에 대해서 조사를 받았다. 모두 판에 박은 신문(訊問)이었는데, 경찰이나 학교로서는 불이 난 일보다 시너를 마시기 위해 학교를 빠져나와 남의 방에 무단침입한 것이 문제인 것 같았다. 처음에는 이와타 영감도 동석하여, 문제가 뒤바뀐 거 아니냐고 나직이 중얼거렸는데, 방을 빌리는 사람의 정체를 뻔히 알면서 빌려준 사실이 이미 드러났기 때문에 그리 강력히 말을 못 하는 것 같았다. 그래도 영감은 도중에 나갈 때까지 '재판, 재판'이란 말을 몇 번이고 되풀이했다.

나는 침착하게 질문에 대답했다. 온화한 인상의 초로의 형사는 상스러운 말을 쓰지 않았고 선생님들도 이야기에 끼어들지 않았다. 이제 남은 건 보호자가 나를 데리러 오는 일뿐이었는데 좀처럼 나타나지 않았다.

사건을 전해들은 고모는 상당히 충격을 받았지만, 스스로 조카를 데리러 갈 생각은 하지 않았고, 할머니 역시 텔레비전 앞에서 꼼짝도 하지 않았다. 둘 다 삼촌이 어디서 일하는지 몰랐기 때문에, 경관이 삼촌 돌아오기를 집 앞에서 기다렸던 것이다. 초조해하는 체육 선생에게 형사가 그렇게 설명하자 체육 선생뿐만 아니라 새파랗게 질려 있던 담임까지 웃었다. 그것이 말하게 된 계기가 됐는지 체육 선생이 형사에게 말을 걸었다.

"학부형들 중에는 학교에서 아이들이 이 아이 집 가까이 가면 안 된다는 통지서를 보내달라는 사람이 있어요. 타지 사람인 내 귀에도 이런저런 소문이 들려오는데 왜 이 동네 사람들은 방치하고 있는 거요?"

"아이들이 아무런 피해도 입은 적이 없는데, 어떻게 하란 말입니까?"

"그건 경찰의 논리지. 일이 터진 후에는 이미 늦다니까요."

"일이라고 하시지만, 여태 이렇다 할 사건이 일어난 적이 없어요."

"한가한 소리 하시네. 나라도 그 남자가 저지른 일이라면 얼마든지 늘어놓을 수 있어요. 개 피가 밤중에 주인집 천장에서 뚝뚝 떨어지고, 노인의 시체에서 성기를 베어내 그 입에 물리고, 또……"

"선생님, 아이 앞에서 무슨 말씀을!"

새파랗게 질린 담임 선생이 더 새파랗게 질린 체육 선생을 말렸다. 형사는 책상 위에 있는 볼펜을 잡아 지휘봉이라도 흔드는 것처럼 선생을 가리키면서 말했다.

"말을 삼갑시다. 이 동네에 그런 종류의 이야기는 얼마든지 있지만 그 남자의 짓이라는 증거도 없고 피해 신고도 들어오지 않은 걸 보면 실제로 있었는지 없었는지도 확실하지 않아요. 다 소문에 불과합니다."

체육 선생은 나를 흘끗 보고 "이, 개자식"이라고 중얼거렸다.

이 선생은 입버릇처럼 학생들을 개자식이라고 부른다. 나이는 삼촌과 비슷하고, 미들급 레슬링 선수 출신인데 체육 교관실에 상장 여러 개가 진열되어 있다. 교칙을 위반한 학생을 그 앞에 무릎을 꿇려 앉혀놓고 죽도를 한 손에 들고 빙빙 돌리면서 "개자식, 개자식" 하고 이십 분 정도 악담을 퍼붓는다. 조금이라도 자세가 흐트러지면 어깨에 죽도를 내리치고 그때마다 시간이 오 분씩 연장된다. 나도 수영 수업을 빼먹고 도서관에 있다 발각됐을 때 그 의식에 참가했다. 같은 죄로 동석한 같은 반 아이들은 훌쩍훌쩍 울기 시작했지만 나는 이 의식이 행해지는 이유를 생각하고 있었다.

맹목적으로 학교에 복종시키기 위해 인격을 붕괴시킨다. 만일 그렇다면 효과가 있을까? 약효가 있는 놈도 있겠지만 나는 다리가 저렸을 뿐 그 외에는 아무것도 느껴지지 않았다. 내 마음은 가나코에 대한 생각으로 가득 차 있었다.

빈 집에 다니기 시작한 지 얼마 되지 않았을 때였다. 다른 어떤 것도 끼어들 여지가 없었다. 다리가 저린 것을 잊기 위해 상장을 쳐다보면서 가나코만 생각했다.

그리고 다시 개자식이라는 말을 듣는 지금 나는 삼촌에 대해서 생각하고 있었다. 빨리 삼촌이 와서 다리가 저린 이 상태에서 날 구해주기를 바랐다.

저녁 여섯시가 돼서야 삼촌이 찾아왔다. 삼촌은 나를 제외한 세 명에게 깊이 머리를 숙인 다음 자리에 앉았다. 늘 입고 다니는 하얀 와이셔츠에, 갈아 입고 나왔는지 깨끗한 회색 작업복 차림이었다. 형사한테서 새삼스레 주의를 듣자 삼촌은 책상에다 머리를 조아리며 죄송합니다, 하고 말했다. 그리고 멍하니 있는 내 머리를 손으로 잡아끌어 책상에다 힘껏 눌렀다.

나는 삼촌이 집 앞에 경찰관이 있는 것을 보고 흥분한 상태로 여기에 오리라 생각하고 불안과 함께 약간의 기대를 걸고 있었다. 그래서 그때까지는 누가 뭐라고 해도 아무렇지 않았는데, 삼촌의 태도에는 그저 어리둥절할

뿐이었다.

안심한 듯 보이는 형사나 담임과는 달리, 체육 선생은 발을 쿵쿵 구르고 책상에 댄 팔꿈치를 자꾸 바꿨다. 형사가 모든 용건이 다 끝났다고 말하자 체육 선생은 내 얼굴을 들여다보고 어깨를 두드리며 말했다.

"내일은 말이지, 교실에 가지 말고 바로 체육 교관실로 와라. 기다리고 있을 테니."

복도에 나오자 삼촌은 체육 선생을 불러세웠다. 나를 남기고 복도를 걸어나가 현관 쪽으로 가서 담임도 함께 심각하게 이야기를 나누기 시작했다. 나와는 이제 상관없다. 저건 삼촌의 이야기다.

이야기는 좀처럼 끝나지 않았다. 취조실에 남아 있던 형사가 나와서 끼어들었다. 이따금씩 체육 선생이 흥분하여 삼촌에게 대들었다. 삼촌은 침착한 태도를 유지했다.

형사가 잘 수습했는지, 체육 선생의 어깨에 손을 얹고 현관으로 내보냈다.

체육 선생은 얄미운 듯 나를 돌아보았다.

돌아오는 길에 삼촌은 당분간 학교에는 안 가도 된다고 했다. 어떤 이유를 들어서 선생들과 교섭했는지는 지금도 알 수 없다. 어쨌든 그 때는 한시름 놓았다.

나는 고모가 제정신이 아닐 텐데 괜찮은지 물어봤다. 삼촌은 바로 반응했다.

"네가 어떻게 그걸 알지?"

"얼른 데리러 오지 않는 이유를 형사가 선생님한테 설명했거든요. 고모는 제정신 아니어서 움직이지 못했고 할머니는 텔레비전 앞에서 꼼짝하지 않았대요."

삼촌은 아무 말도 안 했고 아무런 표정도 없었다. 어쩔 수 없이 계속해서 내가 말했다.

"그때 선생 둘이 웃는 게 기분이 좀 나쁘더라고요."

삼촌 역시 아무 말도 안 했다.

사흘 후 밤, 스포츠센터 주차장에 세워놓은 체육 선생의 새 차가 불에 탔다. 삼촌이 늦게 돌아온 지 삼십 분도 되지 않아 누가 현관문을 두드렸다. 목욕도 하지 않고 이층에 틀어박혀 있는 삼촌의 눈치를 보느라 올라갔다 내려갔다 하던 고모가 현관으로 막 나가려는 모습을 나는 거실에서 복도로 몸을 쭉 내밀고 보았다. 자물쇠에 손을 댄 순간, 고모는 토방에 크게 엉덩방아를 찧었고, 열린 문 저쪽 희미한 빛 속에 얼굴이 그을린 체육 선생이 우두커니 서 있었다.

그때였다. 바위처럼 울퉁불퉁한 알몸의 상반신에 둘둘 감은 하얀 무명천 틈으로 두 자루의 식칼 손잡이를 슬쩍 내보이며 삼촌이 이층에서 날듯이 내려왔다. 체육 선생은 얼굴을 뒤로 젖힌 채 세 걸음 뒷걸음질쳤다.

"무슨 일이야? 당장 꺼져!"

삼촌의 고함 소리에 나까지 온몸에 전율이 일었다. 체육 선생은 알아들을 수 없는 소리를 지르면서 어린애처럼 문을 발로 차기 시작했다.

나에게는 삼촌의 등밖에 안 보였다. 삼촌이 식칼을 잡은 오른손을 허리에서 빼듯이 머리 위로 쳐들자 체육 선생은 비명을 지르면서 뒷걸음질쳤고 삼촌이 두 걸음 앞으로 나가자 비틀비틀 어둠 속으로 사라졌다. 시시하다. 실망한 나를 향해 삼촌이 돌아섰다. 기억이 없지만 아마 으악, 정도는 소리쳤을 것이다. 곧바로 거실로 들어갔기 때문에 한 순간밖에 보지 못했다. 그것으로 충분하다. 삼촌의 가슴은 왼쪽 옆구리에서 오른쪽 어깨까지 쭉 찢어져 상반신에 새빨간 커튼을 감은 것처럼 바지까지 빨갛게 물들어 있었다. 가는 눈을 크게 뜬 귀신 같은 형상, 나중에 도다이지(東大寺)의 아우상(阿吽像)을 닮았다고 생각한 그 얼굴이 뚜렷이 눈에 새겨졌다.

할머니도 복도 쪽을 보고 있었는데, 내가 얼굴을 돌리
자 텔레비전으로 시선을 옮기고는 더이상 움직이지 않았
다. 그제서야 고모가 으으 하고 신음 소리를 내면서 복도
를 기어갔다.

그날 밤 무서운 꿈을 꾼 것 같았다. 잠이 깼을 때 온몸
에 땀이 흥건했는데 머리는 상쾌했다. 다시 새로운 하루
가 시작됐다는 생각으로 가슴이 벅찼다.

다음날 엉치뼈를 다친 충격으로 자리에 누워 있는 고
모 대신 조선시장에 장을 보러 간 나를 양씨 형제가 불러
세워 근처 주차장으로 끌고 갔다. 가벼운 마음으로 응한
것은 아우님(언젠가부터 이렇게 부르게 되었다)이 화제
현장에서 허물없이 나에게 말을 걸어왔을 때 인상이 좋
았기 때문이었다. 고급 승용차의 조수석에 앉아 묻는 대
로 어젯밤 일어난 일을 간단히 말했다. 거꾸로 나는 체육
선생의 차가 불탔을 때의 상황을 물어보았다.

그러나 내가 해준 이야기는 이미 온 동네가 아는 사실
이었으며 어젯밤에 삼촌이 상반신에 무명천을 단단히 감
은 상태로 병원에 나타나 왼쪽 옆구리에서 오른쪽 어깨
까지 서른 바늘을 꿰맸다는 사실을 뒤받침하는 얘기에

불과했다. 아우님은 내가 체육 선생의 차를 불태운 사람
이 삼촌이라고 단언하지 않는 게 불만인 모양이었다. ·
　"그런데 이와타 영감은 당장 달려왔니?"
　아우님이 담배를 권했지만 나는 거절했다.
　문화주택이 불탄 다음날, 이와타 영감은 매복하고 기
다리고 있었는지 삼촌이 귀가한 직후 찾아왔었다. 삼촌
은 토방과 복도에 이르는 높은 마루에 서야 겨우 사장과
키가 비슷하지만 힘으로는 삼촌이 훨씬 세 보였다.
　"그래? 그 영감 안으로는 못 들어갔군. 지금은 그 물건
도 한물갔지, 이 년 전까지만 해도 부지런히 다녔는데 말
이야."
　금시초문이었다.
　"아, 아니, 대수로운 일 아니야, 볼일이 있어서 다녔었
겠지."
　"볼일이라니, 고모한테?"
　"응, 그런 거지, 뭐. 료이치도 당연히 알고 있지?"
　이와타 영감이 고모한테 드나들었다 해도 이해되지 않
는 일도 아니고, 아우님은 그런 일에 관해선 훤히 잘 알
것이다. 그러나, 그후 우리들은 그 일에 대해선 더이상
서로 아무 말도 하지 않았다.

아우님은 이와타 영감의 동태를 캐묻기 위해 사흘에
한 번꼴로 점심 무렵에 집으로 날 부르러 왔다. 그 정보
는 순식간에 온 동네에 퍼진다. 나는 알고 있었지만 뭐든
지 정직하게 대답했다.

아우님이 처음 찾아온 날, 현관에 나간 고모는 그를 보
자마자 문을 걸어잠궜다. 내가 밖으로 나갔더니 아우님
은 쓴웃음을 지으면서 고모 입막음을 하라고 했다.

그렇게 안 해도 고모는 삼촌에게 아무 말 못 할 거라고
하자 아우님은 다시 쓴웃음을 지으면서 알아서 하라고
했다.

장소는 인기척 없는 주차장 깊숙한 곳, 양씨 형제의 승
용차 조수석에서 나는 내 정보를 건네주는 대신 그 집과
삼촌에 관한 수많은 소문을 들었다. 물론 아우님이 일부
러 말을 안 한 것도 있겠지만 그건 상관없었다. 아우님이
갖다주는 금방 튀겨낸 돈가스를 먹는 것도 즐거움 중의
하나였다. 고모를 생각할 때 한밤중에 이층에서 벌어지
는 정사가 아니라 닭죽 냄새가 떠오르듯이, 아우님 얼굴
을 생각하면 살코기가 가득 든 뜨끈뜨끈한 돈가스 씹는
맛이 입 안에 번지는 것 같았다.

경찰서 취조실에서 체육 선생이 엉겁결에 말한 '소문'

에 대해 동생은 간결하게, 마치 제가 한 일인 양 신이 나서 얘기해주었다.

"죽음을 당한 개는 기슈견 잡종이었는데 항상 풀어놓고 길렀기 때문에 이웃 사람들이 성가셔했지. 그런데도 개 주인은 그런 일에 전혀 신경을 쓰지 않는 몰상식한 사내였어. 여자애한테 달려들었다고 해도 태연하게 한 귀로 흘리고는 사과조차 안 해. 하루는 뼈다귀의 여동생이 장바구니를 들고 걸어가는데 그 개가 짖지도 않고 갑자기 덤벼들어서 장바구니 속에 있던 닭고기를 물고 가버렸어. 개 주인은 상대가 뼈다귀인지라 역시 무시하지 못하고 닭고기를 사들고 사과하러 갔지. 그걸로 원만하게 수습됐다고 생각한 게 큰 착각이었지. 사흘 후 새벽, 개 주인 이불에 천장에서 피가 뚝뚝 떨어진 거야. 어떻게 해서 천장에 갖다놓았는지는 지금도 풀리지 않는 수수께끼야. 다들 죽기 전에 뼈다귀한테 한번 물어보고 싶을 거야."

"잘 들어. 사람은 죽으면 모든 걸 용서받는다는 말, 그거 거짓말이다. 그 금형(金型) 집 늙은이는 하마터면 자기 성기를 입에 문 채 화장당할 뻔했어. 일가친척들이 밤 샘하다가 교대로 자러 간 사이에 일어난 일이야. 그건 그렇다 쳐도 수수께끼는 늙은이가 생전에 두 번 정도 뼈다귀의 여동생한테 간 건 아는데, 그런 보복을 당할 만한 짓을 했다고는 생각할 수 없는 거야. 무슨 이유가 있었겠지. 이것도 죽기 전에 뼈다귀한테 물어보고 싶은 것 중의 하나야. 잠깐, 오해하면 안 되니까 하는 말인데, 이건 어디까지나 다 소문이야. 뼈다귀가 한 짓이라는 증거는 전혀 없어. 무슨 뜻인지 알겠지?"

이와타 영감은 이틀이 멀다 하게 찾아왔다. 과자를 사들고 와서 선물받은 것이라며 내밀어도 현관에서 안으로 들어오라는 소리는 듣지 못했다. 틀림없이 용건도 말하지 못했을 것이다.

"계산이야, 계산. 그 영감, 앞으로 살 날 얼마 남지 않아서 뼈다귀와는 말썽을 일으키고 싶지 않은 거야. 료이치는 잘 모르겠지만, 그 영감, 과거에 못된 짓을 많이 한 탐욕무도한 인간이거든. 동네 사람들은 똑똑히 기억하고 있어. 실은 이 동네에 사는 사람들은 이와타한테 협박전화도 하고 협박장도 보냈지. 나도 보냈어. 쇠 눈알을 넣어서 말이야. 와하하, 뼈다귀한테서 몇 푼이라도 받아내지 않는 한 그 영감 이 동네에서는 살아갈 수 없을걸."

분명히 이와타 영감은 무엇에 쫓기듯 우리집을 찾아왔

다. 그러나 그 스트레스가 원인이라면 너무나도 어이가 없다. 우리집을 드나들기 시작한 지 한 달 후 영감은 지병인 당뇨병이 악화되어 입원했다. 그리고 그로부터 한 달 후, 합병증을 일으켜 심장이 멈췄다.

아우님은, 남의 말 좋아하는 사람들의 농담에 지나지 않지만, 이라고 한자락 깔면서 재미있는 이야기를 들려주었다. 개천가 집을 찾아가는 일에서 벗어나려면 계속 입원해 있을 수밖에 없는데, 동네 사람들이 언제쯤이면 그 일을 잊어줄지는 예상할 수 없다. 그렇다고 해서 계속 입원해 있는 게 사태 수습을 위한 거라고 여겨지는 것도 싫다. 너무 심각하게 생각해 심장에 무리가 있다는 걸 자각한 이와타는 해마다 고쳐 쓰는 유서에 손을 댔다. 자기가 죽거든 장례식 전뿐만 아니라 유골이 무사히 무덤에 묻힐 때까지 백 명이 경비 태세를 갖추고, 무덤 주위는 높이 이 미터의 철책으로 둘러싸고 늘 경비원을 두 사람 두고, 일몰 후에는 철책에 고압 전류가 흐르도록 하라고. 이렇게 철저하게 사후(死後) 준비까지 해놓고서야 이와타는 안심하고 죽을 수 있었다.

"순엉터리라고 단정할 수 없는 것이 재미있지 않냐? 실제로 그 영감의 유족들은 장례식이 끝날 때까지 경비

원 두 명을 배치해두고, 무덤 주위엔 높이 일 미터가 되는 울타리를 쳤지. 어쨌든 쓸데없는 이야기야. 뼈다귀는 아무 짓도 할 생각이 없었을 테니까. 안 그래? 동네 사람들은 구경거리가 시시하게 끝나서 실망하고 있을 거야.”

그것이 마지막 밀회였다.

그 당시는 정말 행복했었다. 가나코를 잃었다는 생각은 조금도 하지 않았고, 어쩌면 양씨 형제와 사이가 좋아져 가나코의 자학적인 고정관념을 풀어줄 수 있을지도 모른다고 생각했다. 학교에 다니지 않고 양씨 형제의 정육점에서 일하는 것도 즐거우리라고 생각했다. 고기를 취급하고 싶었고 특제 돈가스를 만들어 삼촌에게 대접하고 싶었다. 하얀 앞치마를 두른 내가 양씨 형제 사이에서 도마 앞에 서서 가게에 온 고모한테 주문을 받고 고기를 자르고 가나코가 계산기를 두드린다. 그런 공상에 끌려 장래 삼촌과 양씨 형제가 친척 관계를 맺을지도 모른다는 상상까지 했다. 그 몽상에는 나와 가나코뿐만 아니라 고모와 아우님이 결혼하는 것도 포함되어 있었다.

고모와 아우님의 결혼! 나는 도대체 어디서 그런 생각을 해냈을까? 대책 없이 낙천적이고 한심할 정도로 바보스러운 나!

문화주택에 불이 난 날부터 학교는 한 번도 가지 않았다. 담임 선생님이 여러 번 집을 찾아왔지만 곧 포기했다. 원래 나는 일본의 의무교육과 관계 없다.

집에 가만히 있는데도 전혀 심심하지 않았다. 하루하루가 단조롭고 아무 일 없이 지나갔지만, 집 안에는 뭔가 일어날 예감이 감돌고 있었다. 도서관에서 기분이 내키는 대로 소설이나 시집을 몇 권 빌려 글자나 말을 몇 개 익히긴 했지만 줄거리는 하나도 기억나지 않는다.

하루 종일, 바쁘게 움직이는 고모와 텔레비전 앞을 떠나지 않는 할머니, 일터에서 돌아오면 목욕하는 것 외에는 잘 때까지 거실에서 꼼짝도 하지 않는 삼촌의 동태를 살펴보고 귀를 기울였다. 아무 일도 일어나지 않고 하루가 끝나도 만족스러웠다.

삼촌이 하는 막노동을 거들러 세 번 갔다. 첫날은 해체된 가옥에서 쓰레기 더미를 계속 날랐다. 둘째 날은 시멘트 자루를 메고 현장을 왔다 갔다 하는 일뿐이었다. 셋째 날은 거의 다 완성된 십층짜리 빌딩의 비상계단에 붙어 있는 콘크리트 조각이나 도료를 하루 종일 주걱으로 떼어냈다. 허리에 신기한 도구를 잔뜩 매단 인부가 계단을 오르락내리락 할 때만 우리는 허리를 펴고 일어나 가장

자리로 비켜주었다. 다음날은 허리를 펼 일이 전혀 없었다. 나는 일당 이천 엔을 받고 삼촌은 사천 엔을 받았다.

삼촌은 삽도 곡괭이도 주지 않는 현장에서 가장 허드렛일을 쭉 해 왔다. 날품팔이를 고집해 한 곳에 오래 머물지도 않았다. 틀림없이 말썽을 피하기 위해서였을 것이다. 천성은 참 얌전한 사람이다.

그 집에서도 설날은 그런대로 활기차고 분위기가 있었다. 설날 아침, 내 방에 선명한 색 병풍을 치고 그 앞에 식탁을 놓고 얇고 새하얀 천으로 덮는다. 조상을 모시는 제단이 되고, 도미와 닭은 통째로, 산적이니 콩나물이니 고비나물, 갖가지의 과일과 떡을 올려놓는다. 제단의 양 가장자리에 촛불을 켜놓고 향로에 향을 피운 다음 잔에 설탕물과 청주를 따라 제물 위를 왔다 갔다 한다. 가장인 삼촌이 의식의 책임을 맡고 나와 함께 무릎을 꿇고 두 번 큰절을 올리고 한 번 반절을 올린다. 삼촌은 양복에다 넥타이를 맸는데 처음 보는 모습이다. 나는 삼촌이 입던 재킷을 입고 손에 푹푹 땀을 내면서 의식을 끝마친 다음 삼촌에게 공손하게 세배를 했다. 삼촌은 빳빳한 오천 엔짜리 지폐가 든 봉투를 내민다. 정중하게 봉투를 받자 평소의 삼촌답지 않게 뺨에 약간의 미소를 띠며 밥 먹자고 나를 재촉한다. 거실에 가면 식탁에 제단에 올렸던 음식이 가득 놓여 있다. 음식이 줄면 바로 채워져 삼 일에 걸쳐 깨끗이 다 먹어치운다.

재일 한국인이라면 어느 집에서나 치르는 이 의식의 준비를 위해 할머니와 고모는 이틀을 소비했다. 음식 재료를 사들이는 것은 남자의 일이었다.

연말의 조선시장은 그야말로 대단한 인파였다. 인기 있는 가게 앞에는 줄을 서서 기다려야 한다는 교육을 받지 못한 사람들이 밀치락달치락했고 그렇지 않은 가게에서도 점원이 소리를 질러대며 손님을 끌어들이기에 여념이 없었다.

갑자기 키가 자란 나는 인파 속에서 비비대기치는 삼촌의 머리 꼭대기를 보면서 따라갔다. 삼촌은 희떱게 현금을 계속 냈다. 어느 가게나 바빠서 우리를 특별한 눈으로 볼 여유조차 없는 것 같았다. 건어물 가게에서 참기름을 샀을 때도 친척인 것 같은 임시 여점원이 쌀쌀맞게 했다.

삼촌이 쇠고기를 양씨 형제 가게에서 사지 않을까 가슴이 두근두근 긴장했지만 몇 집이나 되는 정육점 중에서 그 가게를 고를 확률은 낮았고, 실제로 다른 가게에서 샀다. 수육을 사는 가게는 알고 있으니까 바로 옆 양씨 형제의 가게를 조금이나마 엿볼 수 있겠지. 연말 대목이라 가나코가 도우러 나와 있을지도 모른다.

드디어 수육 가게에 들어갈 때 그때까지 땅바닥만 쳐다보고 있던 얼굴을 들어 정육점 안을 들여다보았다. 이미 나를 알아보고 눈으로 쫓고 있었음에 틀림없는, 진열장 너머에 있는 가나코와 시선이 마주쳤다. 가나코가 먼저 눈을 돌렸다.

몇 달 만에 만났는데, 죽도록 애타게 기다린 것은 아니지만 너무하다. 짐을 가득 가슴에 안고 돌아오면서 화풀이하듯 가나코를 원망했다.

그러나 집에 도착하기 전에 원망스러운 마음은 고스란히 벅찬 마음으로 바뀌었다. 약간 하얘졌지만 변함없이 갸름한 얼굴에 하얀 두건을 머리에 두른 가나코의 모습이 가슴에 가득 차, 잠자리에 누워도 잠이 오지 않았다. 할머니가 숨소리를 내며 잠들자 허리를 얇은 요에 비벼대듯이 엎드려 팔굽혀펴기를 천천히 시작했다. 이층에서 삐걱거리는 소리가 들려왔지만, 귀에 익은 그 소리는 감은 눈에 확실히 새겨진 갸름한 얼굴과는 좀처럼 이어지지 않았다. 내 밑에 깔린 가나코는 하얀 두건을 머리에

124

두른 채 여름날 빈 집의 먼지 쌓인 다다미 위에서 눈을 감고 사진처럼 정지되어 있었다.

가나코와 그런 식으로 장난친 것은 처음이었다. 그때까지는 생각조차 하지 않은 일이다. 그러나 이젠 그만둘 수가 없다. 나는 일 년 동안 밤마다, 자기 전에 화장실에서 휴지 다섯 장을 접어서 속옷에 넣고 잠자리에서 팔굽혀펴기를 계속했다. 나의 양팔 사이에서 가나코는 하얀 두건을 벗고 양갈래로 딴 머리를 보여주었지만, 한 번도 눈을 떠주지는 않았고, 단지 같은 말을 몇 번이고 되풀이할 뿐이었다.

"기분 좋아?"

나는 좋다고 대답하고 아프지 않아? 라고 묻는다. 그러자 가나코는 긴장된 얼굴로 눈을 감은 채 만족스럽게 미소를 지어보인다……

나만의 가나코를 찾아냈기 때문에 다음 연말까지 가나코와 만나려고 하지 않았던 것일까? 나는 어딘가가 일그러지고 만 걸까?

나와 삼촌은 작년처럼 조선시장에 장을 보러 갔다. 정육점 앞을 지나갈 때, 들여다보려면 수육 가게에 들어갈 때라고 정해놓았는데, 인파 틈에서 손님에게 미소를 보내는 하얀 두건을 쓴 가나코를 보고 말았다. 요 일 년 동안 밤마다 나를 향해 보여주던 미소와는 너무나 달리 생기 넘치고 부드러웠다. 나는 눈을 감고 그 표정을 눈 속 깊이 그려놓았다. 그리고 다시는 정육점으로 눈을 돌리지 않았다.

그때는 아직 깨닫지 못했었다. 내가 다음 일 년을 위한 가나코만을 찾고 있었다는 것을.

만약 그 상태로 세월이 흘러갔다면 나는 연말마다 새 '그림'을 구하러 시장에 갔을 것이다.

나는 어딘가가 잘못됐다!

그건 이월도 끝날 무렵이었으니까 꼭 한 달 전. 그날 밤도 오늘 밤처럼 차가운 날씨였다.

한밤중에, 계단에서 덜커덩거리는 소리가 나를 잠에서 끌어냈다. 누운 채 귀를 기울이고 있는데, 아마도 내가 잠에서 깨어나기 전부터 벌어지고 있었음에 틀림없는, 고모의 숨죽인 울음소리가 들려왔다. 일어나서 복도의 불을 켰다. 어두운 계단 밑에서 삼촌이 길고 큰 물체를 막 어깨에 메려 하고 있었다. 얼굴이 뻘게져 숨을 헉헉대고 있었다. 큰 물체는 담요로 감싸여 있었다. 계단을 올려다봤더니 가운을 입은 고모가 계단 중간에 쭈그리고 앉아 울고 있었다. 고모가 입은 가운은 반짝반짝거리는 소재에 자주색이었는데, 이 집에서 처음 보는 색깔이었다. 삼촌이 이층의 덧문을 하나 떼 오라고 했다. 내가 계단을 올라가자 고모는 도망치듯이 이층으로 올라가 안방으로 뛰어 들어갔다. 덧문은 나보다 커서 계단을 내려가기가 아주 힘들었다. 삼촌은 나무로 된 덧문을 주먹으로 두 번 두드려 튼튼한지 확인한 다음 그 위에 '짐'을 올려놓으려고 했는데, 다리에 힘이 빠진 모양이었다.

"발을 삐었다. 거들어라."

삼촌의 일그러진 얼굴이 쓴웃음을 띤 것처럼 보였다.

내가 든 것은 다리 쪽이었다. 삼촌이 조심스럽게 머리쪽을 내려놓고 나서 나도 내려놓았다. 큰 덧문을 덮을 정도의 몸이었다.

"죽었어요?"

삼촌은 평소의 무표정한 얼굴을 되찾고 몰라, 라고 중얼거렸다.

기다려라, 하고 삼촌이 현관문을 열어놓은 채 밖으로 나가자 나는 주저하지 않고 담요를 살짝 들쳐보았다. 무섭다거나 징그럽다는 느낌은 없었다. 고모에게 오는 남자 중의 하나가 이 집에서 죽었을지도 모른다는 사실은 태평하게 살아 있으면서 감각이 둔해진 나에게는 적잖이 자극적인 일이었다.

어디서 본 것 같은 노인이었다. 평온해 보이지만 온통 빨갛게 물든 얼굴. 아마 아직 살아 있는 거겠지. 감은 눈꺼풀이 솟아오른 형태 하며 눈과 눈썹의 모양으로 보아 가나코의 아버지임에 틀림없다.

삼촌은 돌아와서 걷어올린 담요 끝을 말없이 제자리에 돌려놓고 거실에 들어가더니 자기 것과 내 점퍼를 가지고 나왔다. 삼촌은 머리 쪽, 나는 발 쪽 덧문 가장자리를 들고 조심스럽게 밖으로 나갔다. 길에 자전거가 세워져 있었는데 큰 짐받이에 머리 부분을 싣고 내가 뒤에서 발 쪽을 들어 균형을 잡으면서 걸어갈 계획이었다.

삼촌은 다리를 질질 끌면서 천천히 자전거를 밀었다. 나는 가끔 뒤돌아보는 삼촌의 조용한 얼굴과 꼼짝도 하지 않는 담요로 싸인 덩어리를 번갈아 보면서 지금 향하고 있는 곳, 처음 보게 될 양씨 형제의 집, 거기에는 가나코가 있다는 것, 그것만을 생각했다. 보고 싶다, 보고 싶지 않다, 그런 순진한 망설임이 머릿속을 온통 차지하고 있었다. 담요에 싸인 죽어가는 덩어리도, 그것을 대할 딸의 감정도 나는 전혀 생각하지 않고.

어떤 모퉁이의 전신주가 있는 데서 멈추더니 삼촌은 여기서 기다리라고 하고는 있는 힘을 다해 담요에 싸인 덩어리를 오른쪽 어깨에 올려멨다. 그리고는 아담한 이 층 단독주택으로 향했다.

전신주 옆에 서서 내가 본 것, 그후의 행동은 이제 상세히 기억을 더듬을 수 없다. 그런 식으로 앞뒤를 분간하지 못할 만큼 머리에 피가 솟은 것은 처음이었다. 단편적으로 기억하는 풍경, 현관등 밑, 가나코가 울부짖으면서 열린 현관으로 뛰어 들어가고 그 앞에서 양씨 형제의 형에게 멱살을 잡혀 허공에 떠 있는 삼촌, 땅바닥에 주저앉아 담요에 싸인 덩어리를 안고 있는 아우님, 다음 순간, 형은 삼촌을 깔고 앉아 있고, 나는 뛰어가서 형에게 몸을 부딪쳤지만 반동으로 튕기쳐 자빠졌고 얼굴을 들었더니 삼촌은 양쪽 뺨을 번갈아 얻어맞고 있었다. 나는 다시 형에게 몸을 부딪치려고 몸을 일으켰는데, 정신이 들고 보니 엉덩이부터 땅바닥에 내던져져 코에서 꼭지를 튼 것처럼 뜨뜻미지근한 것이 펑펑 쏟아지고 있었다.

나는 틀림없이, 일어나고 있는 일을 하나에서 열까지 이해하고 있었다. 아니, 나중에 그렇게 생각했을지 모른다. 어쨌든! 어째서 나는 엉덩방아를 찧고 코피를 흘리고 있는지, 왜 삼촌을 구해내지 못하는지, 왜 이 미친 뚱보의 팔을 물어뜯지 못하는지, 그러나 그런 것보다 어째서 삼촌은 계속 얻어맞고 있는지, 당장이라도 주머니에서 칼을 꺼내지 않는 건지, 아닌지, 삼촌은 세계 최강이란 말이다!

……커다란 프라이팬을 갖고 싶다! 눈앞에 있는 모든 것을 한꺼번에 뒤집을 수 있을 만큼 큰 프라이팬만 있다면, 나는 무슨 일이든지…… 부드러운 천이 코를 꾹 누르는 감각, 막힌 코에 희미하게 맡아지는 기억이 있는 향내, 여름 냄새, 가나코의 땀 냄새, 그러나 코를 누르는 손가락이 울퉁불퉁해서 눈을 떠보니 아우님이 굳은 얼굴로 옆에 있었다. 담요 덩어리 옆에는 가나코가 무릎을 꿇고 앉아서 아버지의 얼굴을 들여다보고 있었다. 약간 고개를 숙인 얼굴은 현관의 등 밑에서도 마치 미소를 띤 것처럼 온화하여 아버지의 죽음조차 감쌀 정도의 부드러움으로 가득 차 있었다.

구급차를 본 것은 전신주 옆에서 덧문을 끌어안았을 때였다. 사람들이 많이 모여 있었다. 삼촌은 코피투성이가 된 수건으로 감은 얼굴을 조금 돌렸다가 다시 앞을 보고 눈썹인지 광대뼈인지 분간할 수 없게 충혈된 눈으로 똑바로 앞을 보며 자전거를 밀기 시작했다.

집으로 돌아가는 길에 나는 오로지, 삼촌이 두 번 말한, 혼잣말치고는 긴 대사를 되새겼다.

"어쩔 수 없지, 우리집에는 전화도 없고, 주위 사람들까지 끌어들여 소동을 일으킬 수도 없고 말이야. 제 아버지가 강에서 끌어올린 익사체 모습으로 돌아왔다면 누구든지 그렇게 되지. 어쩔 수 없어."

삼촌은 나에게 변명을 늘어놓는 걸로 자신을 납득시키고 있다. 연약한 어조로, 박살당한 사람 같은 얼굴로.

이제 내가 해치울 거야!

별안간 떠오른 말에, 양쪽 콧구멍에 가나코의 손수건을 밀어넣은 채 입으로 헉헉 숨을 몰아쉬는 몸이 십 센티미터는 허공에 뜬 느낌이었다. 세계를 다시 뒤집고 말 거야. 그렇게 말을 한 것만으로 심호흡을 한 가슴에 반석 같은 근육이 붙은 느낌이 들었다.

그런데, 집에 와서 세수를 하고 혼자 잠들어 있는 할머니의 얼굴을 바라보면서 이불 위에 앉으니 몸이 납덩이 같이 무겁고, 가슴에 힘빠진 손을 대니 숨이 차오르는 것처럼 작게 울렁거릴 뿐이었다. 너무나 빈약한 내 몸과 정신…… 강해지고 싶다!

소리 내서 그렇게 말하고 나니 눈물이 흘러나왔다. 이불 속에서 온 세계가 아버지의 모습으로 채워져 공포에 떨었던 어린 시절의 기억이 되살아나 강해지고 싶다고 다시 한번 중얼거렸다.

며칠 지나서 아우님이 과일이 담긴 바구니를 들고 우리집을 찾아왔다. 아버지는 다음날 돌아가셨다, 폐를 끼쳐 미안하다고 말한 다음, 좀 어둡기는 하지만 상쾌한 미소를 띠며 나를 잠시 보았다. 그리고 나서 돌아갔는데, 내 부은 코 상태에 대해서도 삼촌의 몸 상태에 대해서도 묻지 않았다.

나는 좀처럼 먹을 수 없었던 과일을 배불리 먹었고, 계속 이층에 틀어 박혀 있던 삼촌도 고모가 갖다드린 사과를 남김없이 먹은 모양이었다.

삼촌은 열흘 후에 다시 일하러 나가기 시작했고 고모도 통 손에 잡히지 않던 청소를 하기 시작했다. 밤의 방문객도 찾아오지 않게 되었다. 나는 밤마다 조용한 천장을 바라보면서 아버지 얼굴을 들여다보던 가나코의 옆얼굴을 떠올리고, 그러나 엎드려 팔굽혀펴기할 마음도 내키지 않아 뜬눈으로 밤을 새워가며 강해질 수 있는 방법을 궁리했다. 그렇지만 전혀 생각이 정리되질 않았다.

텔레비전의 낮 뉴스에서 요즘 이 지역에 방화로 보여지는 작은 화재가 잇따라 일어나고 있다면서 불이 난 집이 비춰졌을 때는 전신에 소름이 끼치면서 혹시 내가 한 게 아닌가 하고 순간 스스로를 의심했다.

의심을 한 건 나만이 아니었다. 그날 삼촌은 돌아오자마자 마루에 앉아 있던 내 멱살을 잡고는 복도로 끌어냈다.

"네가 한 거냐? 네가 한 거지? 네가 했군. 넌 네가 무슨 짓을 저질렀는지 알기나 해?"

삼촌! 또 나를 미끼로 쓸 생각이로군. 너무 놀란 나머지 아무 말도 못 하고 있는 나를 밀어젖히더니 이층으로 올라가서 차비를 시작했다. 삼촌은 다음날도 일을 나가지 않고 이층에서 기다렸다. 그러나 양씨 형제는 나타나지 않았다. 저녁에 장보러 갔다 온 고모가 연속방화범이 잡혔다고 이층에 알려줬다. 그래도 삼촌은 내려오지 않았다.

삼촌! 그 일이 있은 지 벌써 이 주일이나 지났는데도, 아직도 그때 감은 무명천을 풀지 않았다. 오해라도 한번 생각하기 시작하면, 아니, 내가 한 짓인지 아닌지는 상관없다. 삼촌은 단지 계기가 필요했던 것이다. 분노는 끊이지 않고 지속되고 있었던 거다. 분노를 최대화하기 위한 시간도 필요했던 거다. 그리고 분노는 자꾸자꾸 쌓여갔다.

그저께 세시경이었다. 현관문을 두드리는 소리가 났다. 장보러 간 고모 대신 내가 나갔더니 가나코가 서 있었다. 두 갈래로 땋은 머리를 빨간 코트 모자에 밀어넣고.

"오늘 학교에서 다과회를 했거든. 모임에서 빠져나오기 얼마나 힘들었는지 알아? 내일은 학교 특별활동에서 다과회가 있고, 모레는 친한 친구들이랑 영화 보러 가거든. 이번 달 내내 너무 너무 바빠. 아 참, 나 졸업했어. 너 몰랐지? 다음달부터는 고등학생이야. 일단락 지어졌으니까 너를 보려고."

내 감정 따위는 상관없다는 듯, 강제적인 말투로 '좀 할 이야기가 있거든' 이라고 말을 이었을 때의 그리운, 앵토라지듯 입을 삐죽이 내미는 모습에 가슴이 저리도록 아파왔다. 아무 말도 못 하고 가만히 있으니까 가나코는 안색이 변해 입만 뻐끔뻐끔 벌리며 밖에 나가 이야기 좀 하자고 했다. 나는 여전히 아무 말도 하지 않았다. 잠시 서로 얼굴을 바라보았다. 나는 가나코가 이를 악물고 울 거라고 생각했다. 수없이 생각하고 생각한 끝에 온 게 분명하다. 나는 이층에 신경이 쏠렸다. 삼촌은 누가 왔는지 알아차렸을 거다. 베란다에 몸을 내밀고 가나코의 등을 보고 있을지 모른다. 나는 가나코가 울기 전에 문을 닫을 수밖에 없을까?

이미 늦었다. 가나코가 눈물을 주르르 흘리기 시작했다. 심장이 뒤집히고 코끝이 시큰해졌다. 아무렇게나 슬리퍼를 신고 가나코에게 몸을 부딪친 채 그 기세로 밖으로 밀어냈다. 가나코를 껴안듯이 하여 두 집 건너 있는 건축 자재보관소로 들어가려 했는데 평소 거의 인기척도 없는 그곳에 그날 따라 누군가 있었다. 정신없이 길가에 있는 골목으로 들어가 막다른 고무공장 담을 따라 오른쪽으로 돌아갔다. 폭이 일 미터쯤 되는 골목길, 고무가 녹을 때 나는 냄새를 뿜어내는 환풍기 밑, 공장에서 흘려보내는 폐수가 흐르는 도랑을 건너, 나와 가나코는 서로 마주 섰다.

"울긴 왜 울어? 너 때문에 나와버렸잖아. 이층에 삼촌이 계셨단 말이야."

가나코는 흠칫하다가 곧 빨간 눈동자의 긴장을 풀고 미소를 보냈다.

"헤헤. 너도 울먹거리고 있잖아. 그건 그렇고, 너 키 많이 컸구나. 그땐 나하고 비슷했는데, 이젠 차이가 많이 나네."

그때…… 가나코는 그립다는 듯이 말했다. 다시는 그때로 돌아갈 수 없다.

가나코는, 건성으로 듣고 있는 나는 상관도 하지 않고, 다 나은 것 같다면서 내 코에 손을 대고, 쌓이고 쌓인 감정이 한꺼번에 터져나온듯 긴 긴 이야기를 시작했다. 내가 기억하고 있는 게 단편적인 것인지 아니면 대부분인지 잘 모르겠다.

"……마음을 가라앉힌 다음 뼈다귀가 아버지를 날라온 뜻을 몰라 오빠들한테 따져 물었어. 작은오빠하고는 이야기가 안 돼서 큰오빠 목을 졸라 자백시켰어. 오히려 몰랐으면 좋았을 거라고 뼈저리게 느꼈지만. 난 아빠도 아줌마도 원망하거나 미워하지는 않아. 그렇지만 아빠만이 아니었지? 동네 사람 몇 사람이 다니고 있었던 거지? 평소에는 뼈다귀를 싫어하듯이 다들 아줌마를 아주 싫어하면서, 어떻게 그 짓은 할 수 있었을까? 그런 일을 하기 때문에 싫어했던 걸까? 어쨌든 더러워. 안 그래? 난 아줌마가 불쌍해. 한번 이야기해보고 싶어. 이미 끝난 일을 다시 문제 삼고 싶진 않지만, 문화주택에 불이 났다고 들었을 때, 난 솔직히 오싹했어. 게다가 오빠들은 신이 나서 설명을 해주고. 하지만 오빠들은 아무것도 몰라. 난 네가 나를 위해서 했다고는 생각할 수 없었어. 아무리 내 사정에 맞게 생각해도 무리였어. 너는 뼈다귀의 조카잖아. 그렇게 생각하니 무서워서 이틀 동안 누워 있다가, 하지만 언제까지 이럴 순 없다고 결심하고…… 들어줄래? 난 그 문화주택에 살던 사람들을 찾아다녔어. 이번에는 네가 저지른 일에 책임을 짊어지고. 그렇게 분명히 자각하면서. 난 왜 그럴까? 그런데 그 사람들이 동네를 떠난 후였어. 그걸 알았을 때 난 울었어. 조금이었지만. 하지만 왜 울었을까? 슬퍼서가 아니야. 숙제를 하다만 문제집을 잃은 기분이라고나 할까?"

"……재작년 연말에 시장에서 시선이 마주쳤을 때 넌 도망치듯이 가버렸지. 작년에도 붐비는 사람들 틈에 숨어서 살금살금 보고 있었잖아. 하지만, 잘 있는 것 같아서 기뻤어. 학교에는 안 오고, 집에 계속 틀어박혀 있겠지 싶었는데. 죽을 각오를 하고 몇 번이나 너희 집 앞을 지나갔었어. 넌 모르지? 몇 번이나 지나갔는데……"

가나코는 목이 메인 목소리로 말하면서 내 목에 팔을 감았다. 내가 안아주기를 기다리고 있다. 서로를 위로하고 모든 것을 용서하는 행위. 얼마나 저항하기 어려운 유혹인가. 그러나 그렇게 되면 나는 틀림없이 웃기 시작하겠지, 그것도 소리도 안 내고 뱃가죽이 꼬일 정도로 낄낄거리며.

우리는 서로를 결코 잊지 않을 것이다. 그렇지만 한 가지 확실한 것이 있다. 우리는 여태까지 진정으로 하나가 된 순간은 한 번도 없었고, 계속 평행선이었다는 것이다.

나는 가나코의 얼굴을 바라보면서 확신하고, 목에 감긴 팔을 매정하게 풀고 뛰기 시작했다.

집에 돌아가니 화장실 갈 때 외에는 내려오지 않는 삼촌이 벌거벗은 윗몸에 무명천을 감은 채 현관에 서 있었다. 솜털같이 부드러운 수염이 코 밑에 드문드문 나 있다. 처음으로 삼촌이 우스꽝스러워 보였다.

"양의 여동생이냐?"

"그래요. 전부터 아는 사이예요."

거실에서 고모가 얼굴을 내밀고 상황을 살펴보고 있다.

"고모, 양 가나코가 고모를 만나서 할 이야기가 있다던

데? 고모가 안됐다고."

고모는 서둘러 거실로 들어갔다.

"정말 그러든?"

"제 오빠가 다 알려주었대요."

"다 알려주다니 어디까지 말이냐?"

삼촌은 한 걸음 앞으로 나와 내 양 어깨를 잡고 흔들었다.

"동네 아저씨들이 돌아가면서 고모한테 다닌다는 것 말이에요."

삼촌은 내 어깨를 놓고 뒤를 돌아 복도를 걷기 시작했다. 그 등에다 대고 소리쳤다.

"삼촌! 언제까지 그런 꼴로 있을 거야?"

삼촌은 아무런 반응도 없이 이층으로 올라갔다.

거실에 들어가 고타츠 속에 몸을 넣었다. 앞으로 어떻게 될지, 그것만 생각하려고 했다. 그런데, 머리에 떠오르는 것은 빨간 코트를 입은 가나코, 내 코에 손을 대고 다 나은 것 같네, 라고 말하며 눈을 치켜뜨던 갸름한 얼굴이 자꾸 머리에 어른거렸다.

다음날, 즉 어제, 현관문을 쾅쾅 두드리는 소리가 들린 것은 고모와 할머니와 셋이서 저녁을 먹고 있을 때였다. 고모가 일어섰다. 삼촌은 이층에 있다. 체육 선생이 찾아왔을 때와 같은 상황이었다. 그러나 상황의 진도는 전혀 달랐다.

"양인데요."

차분한 목소리였다. 고모는 허둥지둥한 나머지 기듯이 복도로 돌아왔다.

다시 문을 두드리는 소리가 들려서 내가 복도에 나가 불을 켰다. 삼촌이 내려오는 기색은 없었다. 손잡이를 돌리고 곧 복도 위로 되돌아왔다. 동생이 토방까지 들어왔다.

"쉬는데 미안해. 오늘 안에 매듭져야 할 일이 있어서."

아우님은 약간 웃고 있었다. 내 어깨 너머로 고모를 보았다.

"이봐, 할 얘기가 있어. 잠깐 나와봐."

나는 뒤를 돌아 고모를 보았다. 복도에 털썩 주저앉아 눈을 크게 뜨고 목을 가볍게 옆으로 젓고 있다.

"간이 떨어졌나? 제기랄. 료이치, 삼촌 계셔? 넌 빠져. 아이하고는 상관없는 일이니까."

"시끄러워! 나도 다 안단 말이야. 내 앞에서 못 할 이야긴 하나도 없어!"

심장이 짓눌리는 것만 같았다.

"어쭈, 잘난 척하긴. 야!" 하고 아우님은 고모에게 말을 걸었다. "어떻게 할 거야? 쳇, 뼈다귀는 없어? 나와주면 이야기가 빠를 텐데."

아우님은 잠시 기다렸다. 고모는 여전히 일어나지 못하고 앉아 있고, 삼촌은 내려오지 않았다. 다시 고모에게 말을 걸었다.

"이봐, 오늘 시장에서 가나코와 이야기했지? 무슨 얘기였는지 가나코는 한마디도 안 하지만, 대충 짐작이 간단 말이야. 형이 쓸데없는 말을 했으니까. 하지만 가나코는 다는 몰라. 너 쓸데없는 말, 안 했겠지?"

고모는 떨리는 목을 옆으로 저었다. 아우님은 굳었던 뺨에 긴장을 풀었다.

"그래, 그래야지. 우린 실은 확인하러 온 것뿐이야. 알고 있겠지? 쓸데없는 말 지껄이지 말라구. 아니, 다시는 가나코하고 이야기하지 마. 알겠어?"

"잠깐. 이 집엔 남자가 많이 드나들고 있어. 동네 사람이라면 누구나 다 아는 거 아냐? 가나코도 알고 있겠지."

"어쩌고 어째? 어디서 함부로 가나코 이름을 부르는 거야! 이 애송이가, 너 까불면 큰코 다칠 줄 알어! 괜히 내 성질 건드리지 말라고. 그런데 료이치, 너 가나코를 알고 있어? 말한 적 있느냐고?”

나는 고개를 가로저었다.

“료이치는 일찍 학교를 그만두었지. 그러나 일단 할말은 해놓겠어. 너, 가나코한테 접근하면 가만두지 않을 거야, 알겠어? 그럼 이만 실례. 잘 있어.”

아우님은 밖으로 나갈 때 뒤를 돌아보고는 “뼈다귀이, 시끄럽게 해서 미안하네”라고 소리를 질렀다. 뒤에 뚱뚱한 형이 있는 것이 보이고 그 뒤에는 동네 사람들이 몇 명 있었다.

고모는 좀처럼 일어나지 못하고 잠시 복도에 주저앉아 있었다. 이층은 쥐죽은 듯 조용했다. 나는 거실에 돌아가 저녁을 마저 먹었다. 할머니는 벌써 다 먹고 텔레비전을 보고 있었다.

집은 조용했다. 나는 가벼운 현기증에 시달렸다. 정수리에 작은 바늘이 박힌 것 같았다.

이불 속에 들어가 천장을 바라보고 있었더니 현기증은 가라앉았지만 아우님이 보여준 한순간의 무서운 표정이 뇌리에 새겨져 떠나지 않았다. 분하지만 할 수 없다. 요 한 달 동안 너무 사건이 많았다. 피곤하다. 눈을 감고 자려고 했다.

어떤 경우에도 자기 생각대로 행동할 수 있다.

이 말이 내 뇌리에 꽂혀 선잠에서 끌어냈다.

인기척이 났다. 고모였다.

"삼촌이 부르신다. 이층에 가봐."

베란다 쪽에 있는 방은 노란 알전구만 켜져 있었다. 휑한 방 한가운데 발가벗은 상반신에 무명천을 감은 삼촌이 책상다리를 하고 앉아 있었다. 쭉 몇 년씩이나 그랬던 것처럼, 뿌리가 내린 것처럼.

"내일 양의 여동생을 불러내라."

"몇 시에?"

삼촌은 내 얼굴을 응시했다. 망설이지 않고 대답한 내 자신에 놀랐다.

"밤. 아무 때나 괜찮다."

"알았어요."

이불 속에 들어가니 이 년 전에 삼촌이 프라이팬을 휘둘렀을 때부터 나는 여기에 이르는 코스를 걸어왔다는 생각이 들어 몸이 떨렸다.

그리고 오늘 나는 가나코가 친구하고 가겠다고 한 영화관을 금방 알아냈고, 한순간 모습을 보인 내가 남긴 종이 조각을 가나코가 주웠다. 요 이 년 동안 일어났던 모든 일이 연결되었고 필연적인 귀결로써 가나코를 일곱시 반에 고무공장 골목으로 끌어냈다.

"미안해, 기다렸어?"

나는 전에 자주 그랬던 것처럼 짐짓 화난 척 혼자 걷기 시작했다.

"태도가 왜 그래? 여기 오는데 내가 얼마나 고생했는지 알기나 해? 어제 오빠한테 되게 혼났어…… 그리고 정말 미안해. 오빠들은 아무한테도 폭력을 휘두르지 않았다고 했지만, 심한 말 한 게 아닌가 정말 걱정했어. 괜찮았어? 하지만, 너도 나빠. 그저께 갑자기 도망치니까…… 잠깐, 너네 집 쪽으로는 못 간단 말이야. 아무리 그래도 아직 하루밖에 안 지났는데……"

개천가 길을 앞서거니 뒤서거니 걸어가다 우리는 자재 보관소 가까이 이르렀다.

나는 가나코를 기다리는 동안 되풀이하며 중얼거렸던 말을, 얼굴을 본 순간 말하려고 준비해놓았던 말을 입 안에서 중얼거렸다.

'같이 이 동네를 떠나자.'

말하면 가나코는 순간 난처한 표정을 지은 후 틀림없이

망설이는 척할 거다. 그러나 만약 가나코가 조금이라도 기쁜 표정을 지으면 나는 가나코를 안고 곧장 여기서 도망치겠다고 결심하고 있었다. 있을 수 없는 일이었지만!

자재보관소로 들어가자고 했더니 가나코는 주변을 둘러보고 나서 따라왔다.

"이야기라니 무슨 이야기야?"

마주 본 가나코의 오른손이 아무렇지도 않게 닿았다. 제방 위 가로등을 등진 나에게는 억지로 웃고 있는 가나코의 얼굴이 잘 보였다.

'같이 도망치자.'

양쪽 손을 힘껏 앞으로 내밀었다. 가나코는 긴 점퍼스커트를 뒤집고 엉덩방아를 찧었다. 뒤를 돌아보고 또 돌아보고 손으로 귀를 막고 뛰고 또 뛰었다. 숨이 차서 멈췄을 때 그때까지 한 번도 의식한 적이 없는, (하지만 처음부터 그렇게 하겠다고 결심했을 거다) 말이 문득 머릿속에 번뜩였다.

양씨 형제네 집에 가야겠다.

다시 뛰기 시작했다. 숨이 차서 조금 걷다가 다시 뛰었다. 그 모퉁이의 전신주에 이르렀다. 그 집은 파란 시트로 덮여 있었고 틈 사이로 타다 남은 외벽이 보였다. 인기척이 없었다. 나는 무릎을 꿇었다. 이젠 때가 늦었다. 뭐가? 삼촌은 이미 해버렸을 거다. 집에 양씨 형제가 있어서 곧 자재보관소로 향했다 해도 가나코는 무사할 수 없다. 뻔한 일이다. 그러면 때가 늦었다는 게 무슨 소리냐?…… 삼촌이 죽음을 당한다는 것. 내가 가나코를 들이받고 뛰기 시작했을 때, 확실히 정해진 결말. 빨리 안 하면 삼촌은 반격 태세를 갖추고 말 거다……

정육점으로. 지칠 대로 지친 무릎을 일으켜 조금 달리고 걷다가 갑자기 걸음을 멈췄다. 모닥불에 쓴 한 되짜리 깡통이 있는 데로 달려가서 타다 남은 장작 부스러기를 집어들고, 옆의 쓰레기 처리장에서 골판지 조각을 주웠다. 정육점은 셔터가 내려져 있었다. 셔터에 달려 있는 우편물 넣는 구멍으로 안을 들여다보니 유리문 저쪽에서 뚱뚱한 형이 도마에 손을 올려놓고 웃으면서 담배를 피우고 있다. 나는 (이제 와서 그런 필요도 없다는 걸 알면서) 아무도 보는 사람이 없다는 걸 확인하고 나서 골판지 조각에다 타다 남은 장작 끝으로 갈겨 썼다. 그리고 장작을 우편물 넣는 데로 처넣어 유리문을 두 번 두들기고, 골판지를 접어서 찔러넣었다.

*

양씨 형제는 아무 말 없이 빠른 걸음으로 다리를 건넜다. 골판지 조각을 본 순간 둘 다 머리에 핏기가 가셨지만, 정신을 잃지는 않았다. 다만, 어떤 경유로 가나코가 뼈다귀와 같이 있는지 의아해했다. 어쨌든 가봐야 알 일이다. 우선 해놓고 볼 일이라고 동생은 생각하고, 형 얼굴을 보고 같은 생각인 걸 확인됐다.

자재보관소까지 세 걸음 정도 남은 지점에 다다랐을 때 가로등 밑에서 휘청거리며 가나코가 나타났다. 가나코가 땀투성이인 얼굴에 억지로 웃음을 짓고 있는 것을 본 순간 형은 이미 뛰고 있었다. 동생은 가나코의 양쪽 어깨를 잡고 무슨 일이 있었느냐고 물었다.

"아무 일도 없었어. 잠깐 이야기한 것뿐인데 뭐."

동생은 가나코에게서 좀 떨어져 전신을 훑어보았다. 치맛자락에 흙이 조금 묻었을 뿐, 옷이 헤쳐지거나 찢어지거나 한 데는 없었다.

"정말 아무 일도 없었니?"

"정말이라니까. 좀 무서웠을 뿐이야."

동생은 가나코의 얼굴을 쳐다본 후 여기서 기다리라고

하고 형의 뒤를 쫓아갔다.

철제 건축 장비가 쌓여 있는 옆에서 형이 팔뚝만한 굵은 각목을 몇번이고 내리치는 모습이 보였을 때 한 발 늦었구나, 일이 귀찮게 되겠다고 동생은 생각했다. 그러나 형이 땅바닥에 엎드려 있는 뼈다귀의 무릎 부근을 노리고 있는 것을 알고는 갑자기 우스워졌다. 그 정도로 충분하다면서 등뒤에서 형을 껴안았다.

"가나코는?"

숨이 차서 헐떡이고 있는 형에게 동생은 걱정할 것 없다고 말했다. 그리고 팔을 세우고 일어나려고 바르작거리는 뼈다귀를 계속 내려다보았다.

"일순간 죽여버린 줄 알고 놀랐어. 이 나이로 십 년 깜빵 생활은 힘들거든."

"난 그렇게 어리석지 않아."

형은 각목을 내던졌다.

"가나코는 정말 무사한 거지? 좀 심했다. 가나코 얼굴을 본 순간 제정신을 잃었어."

그리고 뼈다귀 곁에 쭈그리고 앉았다.

"미안해, 용서해라."

형이 익살스럽게 말하는 게 동생은 우스웠다. 자리를

뜰 때 형이 한 술 더 떠서 치료비 내줄 테니 청구서 보내라는 말을 할 때는 그만 소리를 내서 웃고 말았다.

형제는 개천가 길을 비틀거리면서 걸어가는 가나코 뒤를 따라붙어 양쪽 겨드랑이를 부축했다.

"너 비틀거리는데 정말 괜찮은 거야?"

"괜찮다고 했잖아. 속이 조금 메스꺼울 뿐이야."

"그래, 그렇지. 뼈다귀와 마주 보면 누구나 메스꺼워지게 마련이지. 근데, 너 왜 거기 있었니?"

"몰라. 잊어버렸어."

"얼버무리지 마…… 됐어. 집에 가서 천천히 들을 테니."

형이 가나코와 이야기를 주고받는 것을 가만히 듣고 있던 동생이 문득 생각이 나서 말했다.

"알았다! 그 골판지 말이야, 그거 료이치가 한 짓이다. 큰일 날 거라고 알려준 거야. 참 착한 놈이지? 그애는. 가나코, 너 뼈다귀 조카 알아? 꽤 괜찮은 놈이지. 그렇지만 너, 반경 오십 미터 이내로 다가가면 안 돼. 그 놈도 일단 뼈다귀의 일족이니까. 무슨 일을 당할지 모른단 말이야."

가나코가 뭔가에 걸려 무릎을 꿇었다. 형제는 가나코

의 양쪽 겨드랑이를 잡고 눈짓을 주고받은 다음 뛰기 시작했다. 가나코가 어린 시절로 돌아간 것 같다고 말하니까 옛날에는 자주 이렇게 가나코 다리를 허공에 띄운 채 여기저기 달리기도 했다며 둘 다 어릴 때를 회상했다. 앞에서 걸어오던 건어물상 주인이 무슨 일이 있었느냐고 물어보자, 뼈다귀한테 물어보라고 둘은 입을 모아 대답하고 소리를 지르며 하하하, 하고 웃었다. 다리 가까이 와서는 지쳐서 걸었지만, 그래도 가나코의 겨드랑이를 꼭 안고 끌다시피 해서 다리를 건넜다. 도중에 가나코가 개구리 밟은 것 같은 소리를 냈는데 형은 아직 삼월인데 개구리를 밟다니 길조인지 모르겠다고 생각하면서 동생도 알아차렸을까, 하고 돌아보니까 동생은 '개구리 노래'를 흥얼거리는 것이었다. 형은 그 모습을 보고 기분이 좋아 개굴개굴을 따라 불렀다. 가나코가 재미있다면서 웃었다. 이렇게 즐거운 것은 오래간만이라고 형제는 신이 나서 노래를 계속했다.

정육점 이층에 올라가자 가나코는 곧바로 화장실로 들어갔다. 동생은 형에게 목욕탕에 가자며 준비를 했다. 뼈다귀에게 사과할 생각은 없지만 그냥 넘어갈 수도 없다. 그래서 앞으로 어떻게 할 것인지, 동네 남자들도 끌여들여 의논을 할 생각이었다. 그들의 생각을 받아들임으로 서 책임을 어느 정도 떠넘길 수 있다는 생각이었다. 이쪽 의도를 눈치채지 않으면 그들은 욕조에서 몸을 앞으로 내밀고 제멋대로 자기의 생각을 지껄여낼 것이다. 동생 은 거기까지 머리가 돌아가는 자신이 아주 대견스럽게 여겨지는 한편 '이 인간은 아무 생각도 안 하고 있겠지?' 하는 생각을 하면서 형을 보았다.

가나코가 화장실에서 좀처럼 안 나오는 것에 짜증을 내기 시작한 형이 빨리 나오라고 문을 두드리자 안에서 엄마를 불러달라는 소리가 들렸다. 형은 생리대라도 필 요하냐고 묻고 나서 자기가 한 말에 얼굴을 붉히며 어머 니를 불렀다. 일층에서 재촉하는 동생 소리가 들려, 소변 은 바깥에서 봐야겠다고 계단을 막 내려가는데 등뒤에서 어머니의 으악, 하는 짧은 비명 소리가 들렸다.

"이게 무슨 일이냐……"

어머니가 넋을 잃은 듯 중얼거리는 소리가 형을 긴장 시켰다. 동생이 계단을 뛰어 올라온 후에도 몸을 움직일 수가 없었다.

"이게 뭐야!"

동생이 어머니 뒤에 서서 소리를 질렀다. 평소의 억센

여자로 돌아간 어머니가 형을 보고 턱짓을 했다.

"너희들 둘이 가나코를 방으로 옮겨라."

형은 비틀거리며 다가가다가 멀거니 서 있는 동생 곁에서 화장실 안을 들여다보았다. 단차가 있는 변기 앞에, 가나코가 뭔가 골몰히 생각하고 있는 듯 양 손바닥을 관자놀이에 대고 고개를 숙인 채 서 있었다. 어머니는 장딴지 주위를 조심스럽게 매만지고 있었는데, 점퍼 스커트 자락뿐만 아니라 하얀 양말까지 빨갛게 피가 물들어 있었다. 피는 타일 바닥 위에도 떨어져 있었는데 갓 없는 전구 아래에서 마치 파도에 반사되는 물빛처럼 반짝반짝 빛나고 있었다.

"조심해. 피에 유리 조각이 섞여 있으니까."

"유리라니 무슨 소리야! 무슨 유리란 말이야!"

*

쌍둥이 동생이 구급침대를 들고 가게에서 나오자 구급차를 멀찍이 둘러싸고 있던 수십 명의 동네 사람들이 술렁거렸다. 동생이 발 밑에 있던 스티로폼 상자를 집어 힘껏 내던졌지만, 사람들이 빙 둘러싸고 있는 곳 훨씬 못

미쳐 떨어졌다.

구급침대에 실릴 때, 그때까지 헛소리만 되풀이하던 가나코가 갑자기 분명한 소리로 외쳤다.

"이대로 괜찮아, 괜찮다니까!"

"시끄러워, 잠자코 있어!"

동생이 짜증스럽게 소리쳤다.

구급차 문이 닫히기가 무섭게 형제는 뛰기 시작했다. 구경꾼들은 서로 얼굴을 쳐다보았다.

"요 한 달 동안 이제나 저제나 하고 조마조마했더니 드디어 올 게 왔구나."

"쫓아갈래?"

"괜히 의심받을걸."

"떨어져 있으면 괜찮아."

"넌 뭘 몰라서 그런 소릴 하는 거야. 결말이 날 때까지 기다리는 게 상책이야."

"그럼 보지도 말고 그냥 있으란 말이야? 다 같이 가자."

"바보, 뼈다귀가 안 죽으면 어떻게 할 거야? 우린 죽을 때까지 눈치보며 살게 될걸."

"바보 같은 소리 마. 쌍둥이가 뼈다귀를 살려줄 리가

없지"

"넌 뼈다귀를 몰라도 한참 몰라. 그놈은 만반의 준비를
하고 쌍둥이가 오기를 기다리고 있을걸."

"그건 그렇고, 뼈다귀가 쌍둥이의 여동생한테 대체 무
슨 짓을 한 거니?"

"잘 모르겠는데, 크게 다친 모양이야."

"그 계집애 이야기는 관심없어. 중요한 건 무슨 일이
있었는지 모르겠지만 뼈다귀가 반죽음의 지경을 당했는
데 거기에 쌍둥이가 다시 나타난 거야."

"건어물상 영감, 당신 실제로 자재보관소까지 갔다 왔
지? 왜 그때 뼈다귀 숨통을 끊어놓지 않았어?"

"그런 짓을 겁나게 어떻게 하나!"

"나라면 대가리를 쪼개다 개천에 처넣었을 텐데."

"너한테 그런 근성이 어딨어? 소변 들이붓는 게 고작
일걸. 어쨌든, 뼈다귀도 드디어 마지막인가? 재미있는
데. 빨리 가자니까."

"나중에 가는 게 좋을 것 같아. 역시 공연히 연루되는
건 두려워."

"그런데, 뼈다귀 여동생은 어떻게 되지?"

"넌 그 집에 드나들지 않았으니까 상관없잖아."

"설마 뼈다귀와 함께 죽게 되지는 않겠지만, 그냥 놔두지도 않겠지? 아까워 죽겠다."

"그럼 데리고 나와서 함께 살면 되잖아."

"그렇게 할 수 있었으면 일찍감치 그 집에 다녔게?"

"왜, 마누라가 무서우냐?"

"그래, 그래. 너처럼 말이야. 하하하."

그때 누군가 더이상 가만히 있을 수 없다면서 뛰기 시작했다. 그러자 잇따라 다른 사람들도 환성을 지르면서 따라가다가 그중 몇 사람은 사람들이 많이 모여 있는 곳, 목욕탕이나 선술집, 파친코 가게로 향했다. 열 몇 개의 노골적인 '악의'가 한덩어리가 되어 다리를 건너는 광경은 우연히 지나가는 사람에게는 무섭게 보였겠지만, 개중에는 어렸을 때는 이렇게 정신없이 달렸었지, 하며 그리움에 젖어 천진난만하게 웃는 사람도 있었다.

*

개천가 집에서 나는 기다리고 있다. 삼촌을 실어갈 구급차를, 아니 차라리 영구차가 마중 나오면 좋을 텐데. 그러면 나는 주머니 속에 있는 삼촌의 칼을 손에 쥐고 주저하지 않고 양씨 형제한테 뛰어나갈 수 있다.

별안간 머릿속에 번뜩인 이 생각이 내가 여기 있는 이유일까? 나는 정말 거기까지 각오한 것일까?

사이렌 소리. 가나코를 데리러 온 것 같다. 일어나서 다리까지 걸어갔다. 조선시장에서 구급차가 막 떠날 때였다. 삼촌은 도대체 가나코한테 무슨 짓을 한 걸까?

이쪽으로 달려오는 것은 양씨 형제인가? 왜? 삼촌의 숨통을 끊기 위해서? 그럼 삼촌은 아직 살아 있단 말인가? 어떻게 된 거지?

뛰어가려다가 다리가 휘청거렸다. 일어나서 기듯이 겨우 집에 이르렀다. 문을 열었다. 삼촌이 토방 바닥에 무릎을 댄 채 문턱에 엎드려 쓰러져 있다.

"삼촌! 살아 계세요?"

"식칼을 가져와. 놈들이 온다. 빨리!"

살아 있다! 게다가 얼굴도 멀쩡하다. 당한 데는 다린가? 식칼…… 주머니 속의 칼을 꽉 쥐었다. 하지만 삼촌, 이미 늦었어.

신발을 신은 채 복도에 올라가 거실로 들어갔다. 고타츠를 덮고 있는 이불 밖으로 고모의 발바닥이 삐죽 나와 있다. 할머니는 텔레비전을 열심히 보고 있다. 완벽하다.

날듯이 토방에 뛰어내렸다. 삼촌은 문턱에 손을 대고 상체를 젖히고 나를 쳐다보고 있다. 얼굴은 새파랗게 질려 땀에 흠뻑 젖어 있었지만, 미소를 보내고 싶을 정도로 표정이 온화하다.

"앉혀줘."

나는 등뒤에서 삼촌을 껴안고 있는 힘을 다해 앉혔다.

"너…… 어서 식칼, 가져와."

나는 온몸에 힘을 주고 주머니 속의 칼을 힘껏 쥐었다. 삼촌은 힘없이 웃었다.

"난 안 죽어. 그렇지, 료이치?"

뒤를 돌아보고 밖으로 나갔다.

삼촌은 살아 있다. 그리고 앞으로도 살아갈 것이다.

양씨 형제가 두번째 가로등까지 왔다. 칼을 꺼내 칼날을 뺀다. 머리가 부풀어올라 터질 것만 같았다. 나도 모르게 혀를 깨물어 피가 입 안에 퍼졌다. 뛰어나갔다. 나의 외침 소리가 가락이 맞지 않아 우스웠다. 부딪쳐라!

칼을 내밀고 눈을 감은 순간, 딱딱한 것에 어깨를 힘껏 들이받았다. 콘크리트 제방. 칼은? 몇 걸음 앞에 서 있는 뚱뚱한 형이 칼집에서 칼을 빼 한 손에 잡았다.

"이게 무슨 짓이야? 네가 우리한테 알려줬잖아!"

"뼈다귀를 죽이지 마! 죽이면 내가 너희들을 죽일 테
야! 꼭 죽이고 말 거야!"

"새끼, 누구 놀리는 거야?"

운동화 끈이 보이기가 무섭게 머리가 제방에 부딪쳤다.

"죽여달라고 빌게 해줄 테니, 두고 봐."

어지러운 눈을 돌렸더니 둘은 등을 보이고 달려가고
있었다.

"잠깐, 기다려……"

가나코는 어떻게 된 거야?

일어날 수도 없어 가로등 아래에 쭈그리고 앉아서 계
속 침을 뱉었다. 뱉어도 뱉어도 입 안에 피가 고였다. 갑
자기 추워졌다. 개천 위를 지나가는 찬바람에 머리가 얼
어버리는 것 같다.

인기척이 난다. 그것도 많은 사람들의 인기척이 난다.
마음 먹고 반대측 자재보관소로 굴러들어갔다. 천천히
일어나서 심호흡을 했다. 현기증이 날 정도로 뺨과 혀가
아프다.

걷기 시작했다. 되도록 빨리 걷자. 미련없이 여기를 떠
나겠다.

이 결말은 상상했던 결말과 얼마나 동떨어진 것인가?

걸어가면서 정리되지 않는 머리로 자문해보았다. 뒤섞인 대답 중에서 가장 뚜렷하게 새겨지는 말을 주워 피투성이가 된 입 안에서 몇 번이고 반복해서 중얼거렸다.

강해지고 싶다.

그러자 어디에서 솟아오르는 걸까? 가슴에 말이 가득 차 억누르지 못하고 뱉어냈더니 의미없는 우렁찬 외침이 되어 밤하늘에 퍼졌다.

*

사건 현장에 있었던 십여 명에 의해, 그날 밤 사이 소문은 온 동네에 퍼졌다. 어떤 사람은 손발이 기묘하게 구부러진 뼈다귀가 기대고 있었던 텔레비전 화면이 뼈다귀의 탄탄한 상반신보다 폭이 넓었다, 그런 텔레비전으로 영화를 보고 싶다고 연신 감탄했다. 또다른 사람은 뼈다귀의 음경이 소문으로 듣던 새끼손가락 둘째 마디보다는 컸고 불알째 잘라내니 꽤 볼 만했다고 말했다. 그러나, 쌍둥이가 휘두른 칼이 평소 정육점에서 쓰는 힘줄 끊는 칼인 것을 나중에 알고는 구역질이 났다고 했다. 쌍둥이 동생이 뼈다귀의 여동생을 비닐 테이프로 칭칭 감아서 엉덩이가 천장을 향한 상태로 고정시키기 시작했을 때는 앞으로 일어날 일을 상상하다가 시선을 돌린 사람이 많았고, 다른 사람들의 술렁거리는 소리에도 차마 얼굴을 들 수 없었는데, 그때까지 감회 깊게 맡아오던 오징어젓 냄새가 가슴을 쥐어뜯게 할 정도로 구역질 나는 악취로 느껴지는 바람에 자기도 모르게 보고 말았다. 그리고 납득했다. 뼈다귀의 물건은 본래의 제자리로 잘 들어갔다고.

고타츠에 다리를 처박은 채 얼굴조차 꼼짝 않고 있던 노파의 어깨에 한 사람이 손을 올려놓았다. 노파의 몸은 이미 경직된 상태였고 끌어냈더니 앉은 자세로 끌려나와 펴려고 해도 삐걱거리는 소리가 날 뿐, 감당할 수가 없었다.

이것은 처참한 영상과는 별도로 사람들에게 기억되어, 노파는 사건 이전에 이미 죽어 있었다, 아니 수라장을 바로 눈앞에서 지켜보다가 충격사한 것이고, 살아서 텔레비전 앞에 버티고 앉아 있을 때부터 몸이 경직되기 시작했을 거라는 둥, 사람들은 얼마 동안 재미있어했다. 어쨌든 그 노파다운 죽음이라고 동네 사람들은 안도하고, 동네에서 돈을 모아 초상을 치러주었다.

뼈다귀의 입원 치료비까지 동네 회비로 충당됐다는 사실이 알려지자, 주로 반발한 것은 한국 사람들이었다.

그것을 독단으로 결정한 일본인 이사의 설명은 이랬다. 뼈다귀는 퇴원해도 이 동네에는 돌아오지 않을 것이다, 그 집은 헐어버린 다음 땅은 원래 주인이었던 목재상이 사기로 되어 있다, 입원 치료비는 그 대금에서 빼겠다.

　동네 사람들은 불안감을 안은 채 일단 납득했다. 신경을 써서 노파의 유골을 병원에 갖다주는 정성을 보이기도 했다. 그러나 입원한 지 반 년이 지나자 뼈다귀는 여동생을 데리고 개천가 집으로 돌아왔다. 동네 사람들은 별로 실망하지 않았다. 생각해보면, 뼈다귀가 동네를 떠날 이유는 없었다.

　양씨 형제가 사건 직후 이사 간 히로시마에서 들으면 금방 잊어버릴 만한 흔한 병으로 잇따라 죽었다는 소문이 동네에 들려온 것은 오 년 전이었다. 그때 동네 사람들은 먼 옛날 뼈다귀의 여동생이 남자들을 맞아들이게 된 계기를 만들어준 것은 그 쌍둥이였다는 것을 생각해냈다. 쌍둥이는 어이없이 죽었는데, 그날 밤 누구나 쌍둥이한테 죽을 줄 알았던 뼈다귀가 살아남아 앞으로도 오래오래 살 것 같은 건 무슨 인연이 아닌가 싶어 더욱더 마음이 무거워지는 것이었다. 그리곤 머리에 떠올린다.

그때 현장에 있지 않았던 사람들의 뇌리에조차 깊이 새겨져서 이십 년이 지나도 색깔이 바래지 않는 영상을.

그러나, 이제는 이미 초로가 된 뼈다귀와 같은 세대 사람들은 생각한다. 그 사건을 기억하는 사람은 해마다 줄어들지 않는가. 머지않아 뼈다귀를 전혀 모르는 사람들이 동네의 주류를 차지하게 될 것이다. 그렇게 되면 뼈다귀는 죽은 것이나 다름없다. 만약 앞으로 백 년을 더 산다 해도.

두 다리를 벌리고 앉았더니 양쪽 발끝이 모두 집 벽에 닿을 정도로

좁았고, 목을 뒤로 젖혔더니 양쪽 집 지붕 사이로 보이는 길다란 하

늘에 한 줄기의 자주색 구름이 흐르고 있었습니다. 구름이 달빛에

비치고 있다고 생각하며, 나는 땅거미가 사라졌음을 알았습니다.

지난 칠월 이십오일은 긴 장마가 막 끝난 몹시 무더운 날이었습니다. 낮에 에어컨을 켠 방에서 아무 일도 안 하고 가만히 있던 나와 유우는 저녁이 되자 덴진마츠리*를 구경하기 위해 집을 나왔습니다. 나오자마자 물을 뿌린 아스팔트에서 올라오는 후끈한 열기에 유카타** 자락이 다리에 찰싹 달라붙었습니다. 우리는 앞으로 거꾸러지듯 걸어가 막과자가게의 처마 밑 그늘로 피했습니다.

작고 오래된 가게인데 어렸을 때 사먹던 것과 흡사한 불량식품 같은 과자들이 지금도 진열되어 있습니다.

---

* 天神祭, 매년 7월 25일 덴만구(天滿宮)에서 열리는 여름 축제.
** 浴衣, 목욕을 한 뒤, 또는 여름철에 입는 무명 홑겹 가운.

덜컹덜컹 돌아가는 커다란 철제 선풍기 소리가 귀에 들어옵니다. 유우는 이런 가게가 신기한지 뽑기과자를 여러 개 사서 모양을 도려내더니, 갑자기 굵은 무명실 묶음에서 실을 한 가닥 잡아당겨 설탕을 바른 딸기사탕이 뽑히자 좋아라 깡총댔습니다.

혼자서 긴 나무의자에 앉아 컵에 든 빙수를 먹고 있는데, 문장이 새겨진 핫피*에 하얀 버선 차림을 한 아저씨가 앞을 지나갔습니다. 넓적다리에 죄어든 잠방이가 갑갑한 듯 걷고 있는 아저씨의 발걸음을 눈으로 좇고 있자니, 역까지 이십 분이나 걸어야 하는 게 귀찮아져서, 유우에게 오늘은 이 지역 축제나 보고 끝내자고 말했습니다.

말을 하고 나자 왠지 씁쓸한 기분이 들면서, 십 년 전부터, 이 마을의 여름 축제를 피해 아무리 더운 날이라도 유카타를 입고 덴진마츠리를 구경가던 나의 뒷모습이 기억 깊숙한 곳으로 멀어져가는 것 같았습니다. 유우는 "왜?" 하고 입을 삐죽이 내밀었습니다. 고등학생인 사촌 유우는 여름방학을 이용해 덴진마츠리를 구경하기 위해 어제 나라에서 왔습니다. 그러나 나는 미안하게 생각하

---

* 法被, 간단히 입는 짧은 겉옷.

면서도, 갈 마음을 완전히 잃어버리고 말았습니다.

"우구이스노모리 신사의 축제도 이 주변에서는 꽤 유명하거든. 큰길을 사이에 두고 반대편의 산노가사 신사(三ノ笠神社)와 단지리* 싸움하는 게 아주 볼 만해."

변명하듯 말하고 나자 갑자기 나이가 든 느낌이 들어, 사흘 전에 스물아홉이 되었구나, 라고 마음속으로 중얼거렸습니다. 실은 어제부터 유우의 젊음을 상대하다보니 피곤했습니다. 아침까지 이어지던 수다거리가 다 떨어져 두 사람 사이에 기묘한 침묵이 흐른 후, 방바닥에 깐 이불에서 잠이 든 유우가, 한밤중에 내 침대 속으로 들어왔습니다. 유우가 알몸에 헐렁한 티셔츠밖에 걸치지 않았던 터라 나는 당황했습니다. 밀어내려고 했는데 그만 손가락이 유우의 넓적다리 사이에 끼었습니다. 유우는 웃으면서 몸을 비틀었고 나는 곧 손을 뺐지만, 땀이 난 것도 아닌데 촉촉하고 부드러운 느낌을 주는 그곳에서 손가락을 빼는 감촉이 한동안 남아 있었습니다. 저녁 때 목욕을 하는데 "들어가도 돼?"라는 유우의 애교스러운 목소리에 얼굴을 돌렸습니다. 그때 바로 눈앞에 다가온 아

---

* 山車. 마츠리 때 사용하는 화려하게 장식한 수레.

랫배 아래, 메추라기 알만한 크기만 남겨놓고 말끔히 음모를 깎아낸 부분의 영상이, 다시 바닥으로 내려가 잠든 유우가 쌔액 쌔액 숨소리를 내기 시작한 후에도 자꾸 눈앞에 떠올라 당황스러웠습니다. 그리고 오늘 아침 나를 깨운 것은, 나를 끌어안고 자고 있는 유우와 나의 호흡에 자연스레 들어맞아 올라갔다 내려갔다 하는 타월 덮개가 뿜어내던, 숨 막힐 듯이 축축하고 강한 냄새였습니다.

남자아이가 비지땀을 흘리면서 가게 안으로 뛰어들어왔습니다. 아직 여물지 않은 뼈의 윤곽이 비치는 어린 피부 위의 하얀 잠방이, 명치 끝까지 무명띠를 두르고 자주색 핫피를 걸친 모습이 마치 딴 사람 같았지만, 노랗게 물을 들이고 무스를 발라 치켜세운 짧은 머리 모양과 시원스러운 눈매는 틀림없는 마였습니다. 나와 시선이 마주치자 씨익 웃으면서 안으로 들어가던 마는 유우와 부딪칠 뻔했습니다. 둘은 잠시 서로 마주 보고 서 있었습니다. 마는 분명 중학교 이학년이며 유우보다 세 살 아래지만, 몸집이야 어떻든 키는 큽니다. 유우가 두 눈을 응시하며 손으로 입을 가리고 하하하, 소리내어 웃자 마는 양미간을 찡그렸습니다. 그러자, 필요 이상으로 통통하던 볼살이 쏘옥 빠져 더 잘생겨진 얼굴이, 내가 잘 아는 초등학생 때의 모습으로 돌아가 울상이 되듯 일그러진 게 우스워서, 더욱더 소리를 내어 웃는 유우를 따라 나도 그만 웃고 말았습니다. 그때 마와 같은 축제 옷차림을 한 남자아이들 넷이 왁자지껄 떠들며 가게 안으로 들어왔습니다. 마는 그 틈을 타서 나가려고 했는데, 담배를 문 다쓰노부가 팔로 그의 목을 휘감았습니다. 남자아이들은 초등학교 시절, 아버지가 가르치던 동네 축구교실에 있던 아이들이라, 일 주일에 한 번 연습 때마다 차가운 보리차와 구급상자를 들고 따라다니던 나에게는 모두들 낯익은 얼굴들이었습니다. 다쓰노부는 그중에서는 가장 나이가 많아 아마 고등학교 이학년이었을 겁니다. 담배를 발바닥으로 비벼 끄고 위협적인 어조로 뭔가 중얼거리면서 마를 밖으로 데리고 나가려다가, 다른 세 명이 유우를 둘러싸고 있는 걸 보고는 팔을 풀고 황급히 유우 쪽으로 다가갔습니다. 마도 목이 풀리자 그대로 밖으로 나가려고 하다가, 멈춰 서서 뒤를 돌아보고는 도로 들어왔습니다. 마가 들어오려고 해서 남자아이들 사이에 틈이 생겼을 때, 그쪽에 있던 유우가 나와 시선을 맞추고 뭐라고 중얼거렸습니다. 그러자 남자아이들이 — 마까지 — 언제부터 거기 있었느냐는 듯 일제히 나를 보았습니다.

"뭐야, 지카 누나의 사촌동생이었군. 진작에 말해줄 것이지."

처음부터 유우를 둘러싸고 있던 아이들 중 하나가 이렇게 말하자, 아이들은 갑자기 어깨에서 힘을 뺐습니다. 그러자 그때까지 유우를 웃기지 못한 게 거짓말인 양, 유우는 덧니가 그대로 드러나게 입을 크게 벌리고 하하하, 소리를 내며 계속 웃어댔습니다. 남자아이들은 단지리를 탈 거라며 봐달라, 축제가 끝나면 같이 놀자며 유우에게 열심히 말을 건넸습니다. 오키나와 출신 아버지에게서 물려받은 짙은 눈썹에 눈동자가 크고 예쁜 유우는, 얼굴이 작은 데다가 키도 작아서 남자아이들 틈에 끼면 어려 보입니다. 그러나 어젯밤 목욕하면서 본 윤기 있고 까무잡잡하면서 팽팽한 가슴과 허리, 그리고 무엇보다도 음모를 메추라기 알 크기만큼만 남겨놓고 깔끔하게 깎아낸 그 솜씨에, 경험이 충분한 이성의 의지를 느끼지 않을 수 없는 그 부분을 목격한 나는, 키도 크고 앞가슴도 두툼해지고 얼마간 성체험도 있을 장난끼가 한창인 남자애들이라 하더라도, 정작 결정적인 순간에는 유우를 주체하지 못할 게 분명하다고 동정하는 마음마저 들었습니다. 하지만 그렇다 해도 축제 후 흥분해 있을 남자애들에게 유우를 맡길 수는 없는 노릇입니다.

낡은 선풍기가 아무리 분발해봤자 십대 아이들이 뿜어내는 뜨거운 김에는 아무 소용이 없어, 바깥 기온 이상의 열기가 좁은 가게에 가득 차기 시작했습니다. 내가 어렸을 때 이미 환갑을 넘은 가게 할머니는 숨을 쉬는 것조차 힘이 드는지 방문 앞에서 고개를 숙이고 앉아 있습니다. 이제 슬슬 가야겠다면서 남자애들이 나갈 때, 마음대로 사탕이니 과자를 가져가는 손을 나는 나무라지 않고 지켜보고 있다가 대충 그 돈을 계산해서 준비했습니다. 그것을 거의 잠이 든 할머니에게 건네드리고 다쓰노부가 비벼 끈 담배꽁초를 주웠습니다. 유우가 그애들이 단지리를 탈 때까지 한 시간이나 남았으니까 집에 갔다 올까, 하며 싱겁게 말했습니다. 나는 유우의 태도가 우스워서 진지하게 충고하려 했지만, 결국 어중간하게 돼버렸습니다.

"단지리 구경하는 건 좋은데, 언닌 말이야, 끝난 후에 네가 그애들이랑 노는 건 찬성할 수 없어. 축제가 끝난 후에는 다들 흥분하기 마련이거든."

유우는 어른이 철없는 아이를 바라보듯이 나를 가볍게 노려보았습니다.

"그런 남자애들을 어떻게 다뤄야 하는지는 나도 잘 알

아. 그리고 내일은 아침부터 바다에 갈 거니까 집에 일찍 돌아갈게."

이렇게 말하고 나서 유우는 순간이나마 나에게 대든 것이 미안했는지, 시무룩한 표정을 지었습니다. 나는 나도 모르게 오른손으로 유우의 왼쪽 볼을 만졌습니다. 가볍게 꼬집으려고 했는데, 매끄러운 피부가 너무나 팽팽해서 손가락이 피부 위를 미끄러질 뿐이었습니다.

십 년 전의 단지리 행렬도 이렇게 즐거웠을까? 좁은 골목길을 가득 메우고 지나가는 단지리 행렬에 떠밀려가면서, 나는 생각했습니다. 단지리가 모퉁이를 돌아가는 기세 때문에 크게 기울 때마다 환희와 두려움이 뒤섞인 술렁거림이 일었습니다. 뼛속까지 떨릴 정도의 흥분이었습니다. 유우가 큰 소리로 물었습니다.

"이 '치키칭 치키칭 치키칭 동동'엔 무슨 규칙이라도 있나봐, 그치?"

나는 고개를 약간 갸우뚱했을 뿐 아무 말도 안 했는데, 유우는 질문한 것조차 잊었는지 재빨리 눈을 단지리 쪽으로 돌렸습니다. 단지리 앞쪽에서 우리에게 등을 보이고 북을 치는 갓친 ─ 이미 반백의 아저씨인데도, 어렸을 때부터 불러온 호칭이라 좀처럼 고쳐지지 않습니다―옆의 좁은 공간에서, 무릎을 껴안고 계속 징을 쳐대는 마의 긴장된 얼굴에 맺힌 땀방울이 식은땀처럼 보입니다. 유우가 기뻐하며 내 귀에 입을 대고 "저애, 완전히 몰두했어"라고 말한 대로, 부릅뜬 충혈된 눈과 반쯤 벌린 입은 보기에도 예사스럽지 않았습니다. 그러나 그런 '완전히 몰두한 상태'이기 때문에 길고 긴 단조로운 리듬 속에서도 집중력을 계속 유지할 수 있다는 것을, 나는 문득문득 되살아나기 시작한 그리운 피부의 촉감에 의해 떠올렸습니다. 단지리를 끄는 굵은 두 가닥의 밧줄 주위에서는, 갓 태어난 민물게처럼 어린아이들이 밧줄을 끌기도 하고 밧줄에 매달리기도 하고, 또 홀린 듯이 손발을 움직이며 춤을 추고 있습니다. 축제 옷차림을 한 빨간 머리의 여자아이가 "미안!"하고 소리를 지르며 달려갔습니다. 어깨를 부딪친 유우는 여자아이의 뒷모습이 인파 속에 사라질 때까지 지켜본 다음, 나를 향해 유카타의 옷깃을 뒤로 약간 젖히고 크게 숨을 내쉬었습니다.

"이 축제에 유카타는 답답해서 어울리지 않아. 나도 핫피를 입고 춤추고 싶어."

진작 알았더라면 준비해놨을 텐데, 라고 말하려다가

그만두었습니다. 유우는 어머, 하며 입을 벌리고 나를 바라보다가, 곧 커다란 핫피 자락을 휘날리면서 열심히 춤을 추고 있는 네 살쯤 돼 보이는 여자애를 가리키면서, "저애 좀 봐. 아이, 귀여워라!"라고 소리를 지르며 발을 동동 굴렀습니다. 그러다가 나와 자기 사이에 인파가 밀려오는 것도 몰랐습니다. 나는 인파를 뚫고 유우에게 다가가서 그애의 팔을 꼭 잡았습니다.

높이 사 미터쯤 되는 큰 지붕 위에 서서 춤을 추는 주류 상점의 시게 오빠와 다쓰노부가 단지리가 기울 때마다 원심력에 맞추어 공중으로 튀어나갔다가 몸의 방향을 바꾸고 있습니다. 어렸을 때부터, 핫피에다 머리띠, 하얀 버선 차림을 하고 단지리가 움직이기 시작하면 그 주변에서 잠시도 떠나지 않았던 나는 언젠가는 여자로서 처음으로 큰 지붕에 올라서겠다고 결심했었는데, 열네 살 때였던가, 연습할 때 올라가본 적이 있었는데 너무 무서워서 오금을 펼 수 없었습니다. 큰 지붕 위에 선 지 이십 년이 넘는 시게 오빠를 상대로, 아마 올해 처음 올라가봤을 다쓰노부가 용케 버텨내고 있는 모습에 감탄하다가 문득 보통때는 아무것 겁낼 것 없이 제멋대로 성질을 부려온 다쓰노부이지만, 아마도 단지리 타기 연습 때는 꽤

나 무서워했을 거라고 확신했습니다. 지붕 가장자리에는 열네다섯 살쯤 돼 보이는 남자애가 앉아서 박자에 맞춰 머리 높이로 든 손을 움직이고 있습니다. 그러나 같은 지붕 위에 있어도 시게 오빠나 다쓰노부가 뿜어내는 열기와는 확실히 다릅니다.

이 축제를 구경하러 나온 건 처음이라는 걸 나는 이때 새삼스레 깨달았습니다. 씻어내면 빠지는 염료를 써서 핫피와 같은 연지색으로 머리를 염색하고, 오줌이 샐 것 같은 아랫배에 가해진 힘을 느끼면서 몇 시간씩이나 쉬지 않고 미친 듯이 춤을 추었을 때, 가끔 현기증같이 눈앞에 아지랑이가 따라다니는 것은 아랫배에 가해진 힘과 관계가 있다고 생각한 것은 착각인 것 같았습니다. 온몸의 모공에서 뿜어나오는, 여느때의 땀냄새와는 다른 시큼한 냄새가 주변의 공기와 뒤섞여진 것이겠지요. 나의 '몰두한 상태'도 보통이 아니었습니다. 그런 생각을 하다가, 동네 축제에 전혀 관여하지 않았던 십 년이란 세월이 단숨에 줄어들어 그리운 그 현기증 같은 아지랑이 속에서, 단지리를, 마그마 바닷속으로 힘차게 돌진해 들어가 형체도 없이 녹아 사라지는 한 척의 배에 비유하게 되는 것입니다.

골목을 빠져나와, 교통을 차단시켜 사람들로 가득 찬 큰길로 나온 우리 마을 단지리는 산노가사 신사의 단지리와 부딪쳤습니다. 그러자 북과 징은 리듬을 바꿔서 둥둥, 칭칭, 둥둥…… 두 박자를, 처음에는 천천히, 그러다가 서서히 강도와 속도를 높혀 두 단지리가 가까워질 무렵에는 불규칙한 난타가 되어서 서로를 으름장 놓는 것입니다. 갓친이 치는 북은 절묘합니다. 이를 앙다문 마의 표정은 조금 전과는 전혀 다릅니다. 이윽고 해가 지고 단지리 둘레에 매달린 제등이 땅거미 속에서 빛나기 시작했습니다. '영차' 하는 소리과 함께 두 대의 단지리를 서로 부딪치기 직전까지 크게 당겼다가 내릴 때마다 제등은 심하게 흔들리며 반딧불 같은, 손톱으로 할퀸 듯한 오렌지색 흔적을 어스름한 어둠 속에 남깁니다.

나는 눈 안쪽 깊숙한 곳이 아파와서 유우의 팔에 매달렸습니다. 유우는 나는 아랑곳하지 않고 '아라 차차 영차' 하는 장단 소리에 맞춰 팔을 들어 올리며 소리를 지르고 있습니다. 그때마다 나는, 슬쩍 내 팔을 뿌리치는 유우의 팔에 다시 매달리며 쭈그리고 앉아서 겨우 버텨냈습니다…… 유난히 커다란 환성에 정신이 나서 나는 얼굴을 들었습니다. 남자아이가 단지리의 커다란 지붕 가장자리를 양손으로 잡고 매달려 있습니다. 그 손을 다쓰노부가 떼어내려고 합니다. 나는 순간 무서워졌는데, 한 남자가 빨리 떨어뜨리라고 고함을 치자 군중들이 흥분했고, 유우까지, 저런 어린애를 올려놓으면 어떡해, 하는 걸 보고 눈길을 돌려보니, 단지리 앞을 한창 끌어올리는 중이라 균형을 잃은 그 남자아이는 큰 지붕 위에서 꼴사나운 모습으로 떨어질 것 같았습니다. 여자아이 같은 비명을 지르면서 떨어져 땅바닥에 엉덩방아를 찧자 남자아이 몇 명이 들어안아 어디론가 사라져버렸습니다. 대신 막과자가게에서 만난 남자아이들 중 두 명이 큰 지붕에 올라갔습니다. 시게 오빠와 다쓰노부가 군중을 향해 가미시데*를 흔들어 불제(祓除)를 하고 단지리 행렬은 다시 움직이기 시작습니다.

　몇 십만 명이 모여도 바로 옆사람과도 같은 공기를 공유하지 못하는 덴진마츠리 같은 큰 축제에 익숙한 나에게는, 단지리를 둘러싼 한 무리의 군중이 내쉬는 호흡과

---

* 紙垂, 비쭈기나무 가지에 무명천이나 종이로 오리를 만들어 붙인 것. 신사에서 사용함.

입냄새까지 닮게 되는 상태가 가혹하게 느껴졌습니다. 단지리가 한 바퀴를 돌고 돌아올 때까지 쉬겠다고 유우에게 말하고 한쪽 모퉁이에 임시로 만들어놓은 긴 의자에 털썩 앉았습니다. 옆에 있는 얼음물을 가득 채운 스테인리스 케이스 안을 들여다보다가 탄산음료밖에 없다는 것에 실망하고 있는데, 낯익은 포장마차 오빠가 어깻죽지까지 적셔가며 캔맥주를 찾아내주었습니다. 오빠는 타월로 캔맥주의 물기를 닦아 나에게 건네주며, "지짱, 오래간만이네" 하면서 빙긋이 웃었습니다. 나는 어색하게 마주 웃어주었지만, 어렸을 때도 거의 불리지 않았던 애칭을 사용하는 이 사람과 무슨 관계인지 알 수가 없어 머리가 혼란스러웠습니다. 마침 새 손님이 온 틈을 타, 오빠의 얼굴을 들여다보았습니다. 마침내 알 것 같았습니다. 예전에 이 년 정도 단지리의 징을 치던 사람이 틀림없습니다. 아직 어린이였던 나에게는 다섯, 여섯 살밖에 차이가 안 나는 사람인데도 어른처럼 느껴졌던 것입니다. 한 동네에 살면서도 몇 년씩이나 서로 얼굴을 못 보고 사는 경우는 흔하기 때문에, 갑자기 비슷한 연배의 오빠로 나타나도 금방 알아볼 수 없습니다. 나는 그때까지 맥주를 빨리 목구멍에 흘려보냈지만, 침착함을 되찾고 보니 이제는 얼마 남지 않은 맥주가 부담스러워졌습니다.

단지리가 멀어지고 모퉁이에는 각자의 방향으로 걸어가는 사람들이 드문드문 보일 뿐이었습니다.

긴 의자에 앉아 있던 손님 세 사람도 단지리를 따라 가 버렸습니다. 전신주에 동여맨 투광기에 잎벌레들이 떼지어 모여드는 소리가 들립니다. 그중의 몇 마리는 열에 탔는지 전혀 날지도 않고 똑바로 떨어져 땅바닥에 부딪치는 소리도 들렸습니다. 너무 밝은 광선이 눈이 부셔 시선을 옮겼더니 투광기가 비추는 각도 밖은 건물의 윤각조차 분간할 수 없을 정도의 어둠 속이었습니다. 잠깐 숨을 돌린 나는 소름이 끼쳤습니다. 등에서 느껴지는 포장마차 오빠의 숨결이 갑자기 끈적거리기 시작했고, 그때까지 젖은 스폰지를 꾸욱 누른 것처럼 번지던 땀이 일제히 가셨습니다. 나는 견딜 수가 없어서 뒤를 돌아보았습니다. 스테인리스 케이스 건너편, 쇠파이프로 만든 의자에 앉아서 담배를 피우고 있던 오빠는 애교스러운 표정으로 눈썹을 들썩이며 왜? 라고 묻듯이 고개를 갸우뚱했습니다. 나는 고개를 저으며 굳어진 얼굴을 모퉁이로 돌리고 눈을 꼬옥 감았습니다. (지짱…… 지짱……) 포장마차 오빠의 목소리와는 분명히 틀린 다른 남자의 목소리가 머릿속에서 두 번 들렸습니다. 눈을 뜨고 허리띠에 꽂아 놓은 부채를 빼들고 앞가슴을 급히 부치기 시작했습니다. 땀이 막혔기 때문에 전신에 가득 올라온 열이 급속히 가슴 주변에 모이기 시작했습니다. 팽창한 심장의 고동이 발끝까지 전해집니다. 얼굴을 숙인 채 손을 옆으로 뻗어 스테인리스 케이스에서 주먹 반만한 크기의 얼음 조각을 집어다 목 언저리에서 왼쪽 가슴 언저리에 댔습니다. 상체가 무릎에 닿을 때까지 허리를 굽혀 손을 안으로 더 넣어서 얼음을 명치 끝까지 떨어뜨렸습니다. 인기척이—오빠이겠지요—바로 옆에서 났지만, 오로지 얼음을 가슴 여기저기로 이동시키는 데 열중해 있는 내 귀에는 아무 소리도 들리지 않았습니다. 어렴풋이, 소리라기보다 일종의 감촉 같은, 아스팔트를 부드러운 물건으로 치는 것 같은 진동이 나막신을 통해 발로 전해져왔습니다. 나는 천천히 얼굴을 들었습니다. 열 살쯤 돼 보이는 축제 옷차림의 여자아이가 하얀 버선을 신은 다리를 높이 올리고 모퉁이에서 이쪽으로 달려오고 있습니다. 눈앞을 지나갈 때 나는 앗! 하고 소리를 지르고 일어서고 말았습니다. 정수리에 불꽃놀이의 불꽃이 떨어져 머리를 감싸 안고 있는 내 발 밑에서 오빠가 웅크리고 신음하고 있습니다. 나는 얼굴을 들어 여자아이를 찾았습니다. 뒷모습만이 멀리 보입니다. 나는 작아진 얼음을 정수리에 대고 눈을 감고 순간적으로 시선이 마주쳤던 여자아이 얼굴을 떠올렸습니다. 내가 두려워하던 ― 실은 기대하고 있었는지 모릅니다 ― 것과는 다른 멍청하면서 천진난만한 표정이었습니다. 그 여자아이가 나일 리가 없습니다. 그러나, 그 시절의 나와 같은 여자아이가, 그 시절의 나처럼 단지리 행렬이 지나가버린 후의 정적을 깨면서 모퉁이를 달려 나가는 일이 없다고 할 수 있을까요?

열한 살인가 열두 살이었던 나는 무릎에 손을 대고 크게 숨을 쉬면서 서서히 멀어져가는 단지리를 보고 있었습니다. 그렇습니다. 바로 조금 전 얼음으로 가슴을 쓸어내릴 때처럼 갑자기 땀샘이 막히고 가슴에 열이 가득 차서 숨이 막혀 움직임이 멈춘 것입니다.

신이 난 나머지 '몰두한 상태'가 지나쳤던 거라고 지금은 말할 수 있습니다. 그러나 그때 나는 다리가 한 발자국도 움직이지 않는 것도 모를 정도로 머리가 끓고 있었고, 부은 눈의 혈관 속 엄청난 혈류 너머로, 훨씬 전에 골목을 돌아간 단지리의 빨갛게 어른거리는 잔상을 계속 쏘아보고 있었습니다. 지짱…… 멀리서 나를 부르는 소리가 났습니다. 이제야 겨우 단지리가 나를 부르는구나 싶어, 가위 눌린 다리를 풀어가며 단지리를 앞질러 가기 위해 뒤를 돌아보고 달려 나갔습니다. 지짱, 지짱…… 하는 목소리가 귓가에 들려, 나는 나막신 뒤축으로 아스팔트를 차고 멈춰 섰습니다. 지짱, 지짱…… 민가가 빽빽이 들어선 조용한 골목에서는 소리가 메아리쳐 뜻하지 않은 방향에서 들려오는 경우가 자주 있습니다. 소리가 난 곳을 두리번거리며 찾고 있는데, 갑자기 커다란 손이 내 손을 잡았습니다. 나는 그 손을 덥썩 물었습니다. 손이 움츠러든 곳은 집과 집 사이에 있는 열린 뒷문 안의 어둠 속이었습니다. 나는 왜 그랬을까요? 지금도 잘 알 수가 없습니다. 앞니를 스친 혀가 피 맛을 느낀 순간에 머리가 끓어오르고 어둠 속으로 돌입해간 것입니다. 커다란 몸, 어른인 남자에게 부딪치자 나는 뛰어올라 그의 목덜미에 매달렸습니다. 두 다리를 벌리고 안겼더니 양쪽 발끝이 모두 집 벽에 닿을 정도로 좁았고, 목을 뒤로 젖혔더니 양쪽 집 지붕 사이로 보이는 길다란 하늘에 한 줄기의 자주색 구름이 흐르고 있었습니다. 구름이 달빛에 비치고 있다고 생각하며, 나는 땅거미가 사라졌음을 알았습니다. 그리고 남자가 입은 핫피의 감촉을 느낀 나는 그의 흐트러진 옷깃을 덥석 물고 침으로 흠씬 적신 다음 희미하게 남아 있는 피 맛을 느끼며 계속 빨았습니다…… 튕기듯이 골목으로 나온 나는 발에 힘을 주고 서서 귀를 기울였습니다.

머릿속에서 울리던 끼익끼익 태엽 감는 소리 저쪽에서 북소리가 희미하게 들려왔습니다. 그 방향으로 몸을 돌렸다가, 뱃속 깊은 곳에서 와 하고 소리를 지르면서 뛰어나갔습니다. 비명은 어떻게 반향하는지 항상 달려가는 내 앞쪽으로 다가왔고, 나는 비명을 앞질러 인기척이 없는 골목길을 향해 전속력으로 달려갔습니다. 그러나 나는 결국 단지리를 쫓아갈 수 없었습니다. 숨이 차서 휘청휘청 걸어가는데 누가 날 부르는 소리가 들렸습니다. 동급생의 어머니였습니다. 나는 멈춰 섰습니다. 눈꼬리를 치켜올리고 입을 빠끔거리고 있는 아줌마가 무슨 말을 하는지 겨우 알아들었을 때, 아랫배의 육중한 통증이 가슴이며 목구멍을 꿰뚫었습니다. 나는 천천히 허리를 굽혀 엉덩방아를 찧은 상태로 넓적다리에서 장딴지로 흐르는 몇 줄기의 피를 멍하니 바라보고 있었습니다. 그때,

삼 주일 전 초경이 있던 날, 목욕탕에서 본 광경이 뇌리를 스쳤습니다. 어찌할 바를 몰라 멍하니 주저앉아 두번째 생리가 갑자기 온 것 같다고 하는 내 말에, 아줌마가 슬프고 난처한 표정을 지은 것은, 내가 어렸을 때 어머니와 사별하고 아버지 밑에서 혼자서 자랐기 때문일 것입니다. 아줌마의 손을 빌어 일어났을 때, 조금 전에 제대로 올리지 않은 팬티 속에 괴어 있던 걸쭉한 덩어리가 넓적다리를 타고 떨어지는 것을 알았습니다. 나는 앗, 하고 밑을 보았습니다. 뭉클뭉클한 핏덩어리. 곧바로 발로 밟아 땅바닥에 문질러댔더니 툭 터지는 어렴풋한 감촉이 하얀 버선을 통해 발바닥에 전해졌습니다. 아줌마는 그 광경을 보고도 전혀 개의치 않았고, 머리띠를 풀러 그걸로 발바닥을 닦고 있는 나에게, '어른다운 여자'로서의 자각이 얼마나 중요한가를 득의양양하게 설교하는 것이었습니다.

"지짱, 너무해. 혀를 심하게 깨물었잖아."

포장마차 오빠가 일어나서 뺨을 비비면서 말하는데, 나는 납짝해진 얼음으로 내 머리를 문지르면서 작은 소리로 웃었습니다. 그리고 나서 "잘 먹었어요" 하고 종종

걸음으로 걷기 시작했습니다.

그 다음해도 그 다음 다음 해도 지나치게 '몰두한 상태'라 움직이지 못하게 된 나를 부르는 목소리가 어둠 속에서 들려왔습니다. 그것은 맨 처음 들렸던 집과 집 사이의 뒷문에서가 아니라, 세 개 나란히 서 있는 지장보살과 벽 사이에서, 잡초가 키만큼 자라 무성한 주차장 구석에서 났으며, 나는 어둠 속에서 들리는 이런 모든 목소리에 기세를 가해서 덤벼들었습니다. 그것은 현실에 존재하는 사람이었을까요? 그렇다면 같은 사람이었을까요? 그 시절의 나는 그런 생각은 전혀 못 했습니다. 학교 공부도 암기는 잘 했어도 응용은 전혀 못 했고, 몇 안 되는 친구들과 같이 있을 때는 친구들이 하는 것을 그대로 따라했고, 집에 있을 때에는 아버지가 심부름을 시킬 때를 제외하고는 만화나 텔레비전도 안 보고 그냥 앉아 있거나 뒹굴거나 하는, 그런 넋빠진 아이가 된 것은, 어려서부터 단지리 주위에서 미친 듯이 춤을 춘, 그 원체험 때문임이 분명합니다.

일 년에 한 번밖에 없는 여름 축제의 밤, 내가 확실히 살아 있다는 것을 실감할 수 있는 극히 제한된 그 몇 시간 동안, 나는 온몸과 영혼을 바쳐, 아니, 피동적인 자세가 아닙니다, 단지리와 군중들이 뿜어내는 뜨거운 열기를 탐욕스럽게 피부로 빨아들여, 자신의 에너지로 바꾸어 계속 다시 뿜어냈던 것입니다. 미처 바꾸지 못할 만큼 몸에 열기가 쌓여 움직일 수 없게 됐을 때, '목소리'가 들려왔고, 나는 거기에 덤벼들었을 뿐입니다. 아까는 포장마차 오빠의 목소리가 계기가 되어 몸 어딘가에 남아 있던 열기가 되살아나 흥분해버렸지만, 지금의 나에게는 결코 나쁜 기억이 아닙니다. 오히려 그리울 정도입니다.

희미하게 들려오는 북소리를 의지하며 지름길을 몇 번지나 마침내 단지리가 앞에서 다가오는 곳으로 나갔습니다. 앞서가는 군중들이 바로 앞까지 오자 나는 마지막 사람들까지 앞서가도록 전봇대 뒤에 숨었습니다. 옛날식으로 춤을 추는 어른들과 아이들 사이에 끼어 다섯 명의 여중생들이 어깨동무를 하고 몸을 서로 흔들며 춤을 추고 있습니다. 꽥꽥 소리를 지르면서 좌우로 흔들어대기 때문에 주위 사람들은 못마땅해했지만, 내 눈에는 얼마나 즐거워 보였는지 박수를 보내주고 싶을 정도였습니다. 내가 중학교 삼학년이 됐을 무렵부터입니다. 보통 여자아이다운 감성이 겨우 몸에 배기 시작한 것은. 가령 눈에 띈 것이 마음에 드는지 안 드는지를 순간적으로 판단하고, 친구들과 쓸데없는 말을 주고받는 것을 즐기고, 아무렇지 않게 내뱉어진 말의 속뜻을 읽어낼 수 있게 되었습니다.

그때까지 거의 경험해본 적이 없는 타인과의 공감이란 것을 실감할 수 있게 되었습니다. 공부를 좋아하지는 않았지만 남들만큼은 했고, 마지막 삼 개월 동안 열심히 공부해서, 친해지고 싶었던 급우와 같은, 적당한 단기대학에 자동적으로 입학할 수 있는 부속여자고등학교에 들어갔습니다. 여름 축제의 참여 형태도 꽤 달라졌습니다. 축제 옷차림은 예전과 같았지만 그것을 친한 친구 셋에게도 입혀, 북소리 따위는 아랑곳하지도 않고 옆으로 나란히 서서 라인댄스풍으로 춤을 춘 다음, 양손을 높이 들고 만세를 되풀이하며, 한 시간 정도 춤을 추고 돌아가버리는 것입니다. 그리고 나서 빙수를 먹으러 갔다가, 말을 걸어온 남자아이들과 서로 어떤 기대를 갖게 하는 수다떨기를 흥겨워하게 되었습니다. 사랑을 하다가 마음이 상하고, 울다가 위로받고, 또 위로해줄 때도 있고, 웃고, 사랑하고, 몸을 요구당하고는 괴로워하고(성적으로는 정말 겁쟁이였습니다), 그러나 웃을 일이 많았던 여고 시절이었습니다. 그리고 당연히 나는 그대로 극히 평범한 여자가 됐어야 했습니다…… 나는 극히 평범한 여자가 아닌가? 여자아이들이 내 앞을 지나가자, 분노인지 초조함인지 알 수 없는 작은 응어리가 마음 한구석에 생겼습니다. 나는 뭘 하고 있는 걸까요? 즐거웠던 여고 시절을 회상하다가, '극히 평범한 여자가 됐어야 했다'고 마무리짓다니. 현재의 나는 세상의 관습이나 상식에 순종하며 살고 있습니다. 거기서 조금이라도 벗어나게 되면 강한 자제가 작용합니다.

그렇게 사는 것으로, 세상 풍파가 아무리 높더라도 암벽에 꼭 매어 놓은 배처럼 안심할 수 있습니다. 나는 지금의 내 자신에 대해 몹시 만족하고 있습니다. 해가 지날수록 마음이 약해지는 아버지와 함께 오래된 집에서 살아줄 사람이 아니면 결혼하지 않겠다는 어려운 과제를 자기자신에게 부여해가면서까지 이 동네에 매달려 있는 것입니다. 그러나 나는, 그때 동네를 떠나야 했던 게 아닐까요? 십 년 전 여름 축제가 있었던 밤의 그 사건? 나는 완벽하게 길든 걸까요? 이 동네에 남아 있는 것을 오늘 밤 나는 한없이 후회했습니다.

단지리 행렬이 지나가버리고, 사람들이 드문드문해져도 유우는 나타날 생각을 안 합니다. 나는 있는 힘을 다

해 돌문을 열 듯이 군중 안으로 힘껏 비집고 들어가, 사람들 사이를 헤치고 다니면서 유우를 찾다가 선두까지 나왔습니다. 단지리 행렬이 다시 지나갈 때까지 담벼락에 등을 대고 찾아보았지만, 유우는 없었습니다. 아까와는 다른 형태로 전신의 땀이 가셨고, 나는 단지리 행렬과 반대 방향으로 거슬러올라가기 시작했습니다. 자신의 불안을 부추기지 않기 위해 되도록 두리번거리지 않고 천천히 걸어갔는데, 아는 아주머니가 말을 걸어와 잠시 이야기도 했습니다..

"올해 축제도 대단한 성황이야. 큰 싸움이 벌어지지 않아야 할 텐데."

"전 오랜만에 이곳 축제에 왔어요. 쭉 덴진으로 갔었거든요."

"아, 그래? 너는 여름 축제의 인상이 강한데. 나는 네가 눈빛을 바꾸고 춤추던 모습을 생생하게 기억하고 있어. 그렇지만 여자아이가 핫피를 입고 춤출 수 있는 것도 어릴 때뿐이니까."

내가 어색하게 웃고 있는데 아주머니는 한층 목소리를 낮춰 이야기를 계속했습니다.

"네가 벌써 졸업했으니까 하는 말인데, 난 여자아이가

축제에 너무 빠지는 건 별로 좋지 않은 것 같아. 삼 년 전 요시나가 씨 댁의 막내딸처럼, 무슨 일이 있었는지도 모르는 사이에 큰코 다친 일도 있고. 아이들은 절제할 줄을 모르니까 말이야."

"큰코를 다치다니, 어디를 다쳤어요?"

"있잖아, 단지리 행렬이 신사를 향해가며 한껏 분위기가 무르익었을 때, 신사 입구의 문 뒤쪽 돌에 몸을 기대고 축 늘어져 앉아 있었단다. 처음엔 아무도 몰랐지. 나중에 사람들이 발견하고는 겨우 몸을 추스리게 됐는데, 누구한테 무슨 짓을 당했는지 본인은 전혀 기억이 없다는 거야. 이상한 일이지."

(어떻게 다쳤다는 걸까?) 나는 말을 삼키고 나서 생각이 난 듯이 고개를 조금 끄덕였습니다.

"그렇지만 정말 무서운 건 남자애들이야. 단지리 행렬을 따라다니며 흥겹게 노는 건 좋지만, 요즘 애들은 각성제를 먹는다구. 작년에 어떤 아이가, 잠깐 집을 비워두고 축제를 보러 나간 집에 들어가 작은 화재를 일으켜 소동이 났었잖아? 올해는 경찰 수가 늘어나서 좀 안심이 되지만."

그러고 보니 오늘은 경찰관을 많이 본 것 같습니다. 작년의 화재 사건도 알고 있습니다.

그러나 나는 안 본 지 오래된 요시나가 씨 댁의 막내딸 얼굴이 떠오르지 않아 답답했습니다. 아주머니와 헤어져 걸어가면서도 계속 그 생각만 했습니다. 몇 명 떠오른 어린아이의 얼굴 중에서 감이 잡히긴 했지만, 그 아이가 삼 년 전에 몇 살이었는지를 계산하는 데 기준이 되는 기억이 애매합니다. 발걸음이 빨라져 숨이 찼는데도 걸음을 멈출 수가 없었습니다. 그러다가 요시나가 씨 댁의 막내딸 일 같은 건 벌써 머리를 떠났습니다. 나는 시야에 들어오는 것을 부지런히 쫓고 있었는데, 걸음을 멈추면 심장까지 멈출 것 같은 강박관념이 나를 골목에서 골목으로 빠른 걸음으로 걸어다니게 했습니다. 강박관념이라고 나는 말했습니다. 나를 격렬하게 내모는 것, 기억, 그것은 의식의 표면에 붙어 있는, 언제든지 재생 가능한 것이 아닙니다. 오히려 어머니 뱃속에서 세포가 분화하는 과정에서 만들어진, 나를 나답게 하는 데 필수불가결한 하나의 핵, 명치 끝 어디서 데굴데굴 굴러다니는 빨간 숯불 같은 것입니다. 큰길로 나왔습니다. 단지리가 끌려 올라가는 도중이었는데 굉장한 인파였습니다. 나는 걸음을 멈추는 게 두려워서 사람들의 어깨와 어깨 사이의 조그만 틈을 비집고 들어가는 것에만 집중했습니다. 신사의 기둥문 가까이 왔을 때 누군가가 옆에서 내 손을 잡았습니다. 심장이 덜컹하는 소리를 내고 뒤집히는 것 같았습니다. 빨간 유카타를 입은 다섯 살쯤 돼 보이는 여자아이였습니다. 나는 비명을 질렀습니다. 그러나 인간이 알아들을 수 없는 고음이었을까요? 내 귀에도 들리지 않았습니다.

"지카! 마침 잘 만났다. 잠깐 이애 좀 봐주지 않을래? 이십 분쯤 있다가 돌아올께. 이걸로 데리고 놀아줘."

지금은 거의 왕래가 없지만 어렸을 때는 친하게 지냈던 한 친구가 내 손에 천 엔짜리를 쥐여주고 도망치듯이 가버렸습니다. 돈을 준비해놓고, 아이를 떠맡기기 쉬운 나 같은 사람을 찾고 있었던 것이겠지요. 옛날부터 아주 뻔뻔스러운 친구였습니다. 그 친구의 딸이 작은 손으로 내 엄지손가락을 잡고, 어머니가 저만 내버려두고 어디론가 가버렸는데도 표정없는 얼굴로 주위를 두리번거리고 있습니다. 나는 쭈그리고 앉아서 아이의 얼굴에 내 얼굴을 가까이 댔습니다.

"뭘 하고 놀까?"

내 목소리가 마치 아이의 입에서 나온 것처럼 들립니

다. 아이의 목소리는, 입이 움직인 다음 내 주위를 세 번 맴돌다가 귀에 닿았습니다.

"금붕어 건지기를 하고 싶어요."

나는 빙긋 웃고, 아니 웃었다고 생각하고, 자리에서 일어났습니다. 가벼운 현기증이 나서 다리가 휘청거렸습니다. 눈에 움푹 팬 막이 쳐져 있는지, 쌍안경을 거꾸로 보고 있는 것처럼 눈앞의 풍경이 멀리 도망가는 것이 기묘하게 느껴졌습니다. 뇌수와 두개골 사이에 폭이 몇백 미터나 되는 강이 흐르고 있는 듯한 감각이, 당연한 듯 몸에 배어 있는 것도 이상했습니다. 나는 그런 감각을 애써 떨쳐버리며, 아이의 손을 이끌고 기둥문 밑으로 빠져 나갔습니다. 참배길 양쪽에는 노점이 즐비하게 늘어서 있었습니다.

아이가 내 손을 풀고 솜사탕가게로 달려갔습니다. 세일러문의 얼굴이 그려진 봉지에 들어 있는 솜사탕은 오백 엔이었습니다. 세 채 건너 있는 금붕어 잡기 노점상은 아이들로 가득 차 있습니다. 겁을 내고 끼어들지 못하는 아이 뒤에 서서, 멀리 신사 구내에 피워놓은 화톳불을 멍하니 바라보았습니다. 잠시 후 누가 손을 당겨서 얼굴을 돌렸더니 아이의 앞자리가 텅 비어 있고, 수조 건너편에 앉아 있는 가게 주인 아저씨가 어떻게 할 거냐는 표정으로 나를 지켜보고 있습니다. 아이를 앞으로 밀어 앉히고 나서 나도 나란히 앉았습니다. 수조 너머로 삼백 엔을 건네려고 유카타 소매를 왼손으로 오무리면서 오른손을 내밀었는데, 내 손은 주인 아저씨 손을 지나가버렸고, 그것에 놀란 나머지 동전을 수조 속으로 떨어뜨렸습니다. 아이는 제 얼굴 크기의 두 배나 됐던, 이제는 반으로 줄어든 솜사탕을 왼손으로 쥐고, 얇은 종이를 붙인 원형 철사를 잡은 오른손을 아무렇게나 수조에 담갔습니다. 머리 위에 있는 알전구 불빛으로 수면이 빛납니다. 그 아래, 물에 푹 담근 아이의 유카타 소매의 하얀 백합 무늬가, 바탕색으로부터 벗겨져 흔들흔들 떠돌고 있습니다. 나는 넋을 잃고 들여다보고 있었습니다. 아이는 수조에서 손을 뺐습니다. 얇은 종이가 찢겨 있었습니다. 나는 돈을 잡은 손을 내밀고 주인 아저씨 손이 닿을 때까지 기다렸다가 폈습니다. 아이는 솜사탕에 얼굴을 갖다대고 곁눈질을 하면서 오른손을 수조에 담갔습니다. 수조 밑바닥을 쳐내듯이 원형 철사가 움직이자 하얀 백합은 꽃잎을 흔들면서 헤엄치기 시작하여 움푹 팬 막이 쳐 있는 내 눈

을 매혹시킵니다. 금붕어를 겨냥하기도 전에 얇은 종이
가 찢어졌습니다.

"꼬마야, 물 속을 휘젓는 게 아니라, 금붕어를 건져 올
리는 거야."

뜻밖의 관동 사투리는 원래 아저씨의 것일까요? 일순
간격을 두고 '그리고'라는 말이 이어졌을 때 나는 얼굴
을 들었습니다. 몹시 못마땅한 눈빛이 나를 향하고 있습
니다.

"유카타 소매가 물에 빠졌잖아. 걷어 올려야지."

나는 아이의 오른쪽 소매를 수조 밖에서 짜고 팔꿈치
까지 걷어 올려주었습니다. 그리고 고개를 숙인 채 수조
너머로 돈을 내밀었습니다. 뇌수와 두개골 사이를 흐르
는 강의 흐름이 급속해진 것을 느끼면서 싫증도 내지 않
고, 수조 밑바닥을 치는 원형 철사에 흰 백합의 잔상을
겹쳐가며 물끄러미 바라보았습니다. 얇은 종이가 찢어지
고, 나는 돈을 내려고 했습니다. 아저씨는 이제 아무 말
도 안 합니다. 그러나 아이가 내 손을 잡아당겼습니다.

"재미없어. 이제 가."

나는 깊이 한숨을 쉬고 나서 조심스럽게 천천히 일어
섰습니다. 그러나 현기증은 아까보다 더 강하게 나를 덮

쳐왔기 때문에 나는 아이의 어깨에다 손을 기대고 간신히 쓰러지지 않고 일어날 수 있었습니다. 등을 쭉 펴고 턱을 들고 눈을 감았습니다. (아, 아무개야, 너도 왔니?) 어디선가 목소리가 들리고 아이가 내 손에서 멀어져갔습니다. 눈을 떴더니 남매인 듯한 아이 둘과 손을 마주 잡고 즐거워하고 있습니다. 남매의 어머니인 듯한 여자가 두리번거리면서 아이에게 뭔가 말을 걸었지만, 아이는 남매와 떠들어대느라 정신이 없습니다. 나는 걷기 시작하여 아이의 곁을 지나 신사의 경내로 향했습니다.

도중에 누군가가 말을 걸어온 것 같았지만, 나는 경내의 화톳불만 응시한 채, 사람들과 몇 번이나 부딪쳐도 포석 이음매를 한걸음 한걸음 의식하면서 발걸음을 옮기는 데 집중하고 있었습니다. 좁은 참배길에서 경내로 들어서자 갑자기 넓은 공간이 펼쳐졌기 때문에 놀라서 멈춰 섰습니다. 마침 단지리 행렬이 기둥문 앞으로 다가오고 있었기 때문인지 경내에는 사람이 거의 없었습니다. 여기까지 와서, 계속 응시하고 있던 화톳불 뒤에 이나리*의 작은 모형 같은 빨간 기둥문이 있다는 것을 알 수 있었습

---

* 稻荷, 오곡의 신. 또는 그 신을 모신 신사.

니다. 자갈이 부딪는 소리에 내쫓기다시피 경내를 일직
선으로 지나갔습니다. 화톳불 뒤로 돌아들어가 빨간 기
둥문 바로 밑에서 새전함(賽錢函)에 동전 몇 개를 던져넣
고 두 손을 모아 빌었습니다. 바로 오른쪽에 이나리보다
훨씬 큰 에비스*신사가 있습니다. 이나리와 에비스의 난
간을 두른 툇마루 사이는 몸을 옆으로 해야만 겨우 지나
갈 수 있을 정도의 공간밖에 없고 그 밑에 화톳불 불빛이
닿지 않는 직사각형의 짙은 어둠이 내려앉아 있습니다.
몸을 굽혀서 그 속으로 들어가 땅바닥에 주저앉으니까
몸이 어둠 속으로 저절로 동화되는 느낌이 듭니다. 여기
서는 경내에서 기둥문까지 잘 내다볼 수 있습니다. 오른
쪽에는 우구이스모리 신사의 신전인 덴만구(天滿宮), 왼
쪽 깊숙한 곳에는 에마**로 가득 채워진 천신. 한 경내에
네 개나 되는 신을 함께 모셔놓은 곳이라 볼 만합니다.
그러나 지금 화톳불 네 개로 둘러싸인 경내에는, 기침조
차 꺼리게 되는 신묘한 땅거미가 퍼져 있습니다. 눈에 보
이는 그 정적이, 초롱이나 투광기 아래에서 와글거리는

* 戎, 칠복신의 하나.
** 繪馬, 발원을 할 때나, 소원이 이루어졌을 때 사례로 말 대신에 신사나
절에 봉납하는 말 그림 액자.

사람들과 나를 완벽하게 격리시키고 있습니다. 단지리가 기둥문 앞을 막 지나가고 있는 게 아득히 멀리 보입니다. 깡마른 아저씨가 화톳불에 장작을 지피기 위해 순회하기 시작했습니다. 이쪽으로 오는 것을 가슴 졸이며 기다리고 있던 나는 아저씨가 바로 내 앞까지 왔을 때, 숨을 죽이고 안고 있던 무릎을 꽉 죄었습니다. 아저씨가 장작을 지피고 부젓가락으로 조절하자, 한꺼번에 많은 불길이 일어 내 쪽으로도 흘러왔습니다. 아저씨는 앗 하고 짧게 소리를 지르고 화톳불 뒤로 돌아가서 주변을 두리번거렸습니다. 나는 몸이 긴장되기보다 뭐가 우스운지 웃음을 참기가 어려웠습니다. 실제로 아무 일도 없이 아저씨가 가버리자 나는 소리를 죽이고 오랫동안 웃어댔습니다. 그렇습니다, 이 장소를 우연히 발견했을 때도, 나는 웃고 있었습니다. 그러나 그때의 웃음은 억지로 짜낸 그런 것이었습니다. 십 년 전 같은 밤, 역시 단지리 행렬을 구경하기 위해 많은 구경꾼들이 큰길을 가득 메운 시간대였습니다. 처음으로 진지하게 사귀어온 남자친구와의 세번째 데이트 장소로 내 고장의 여름 축제를 선택한 나는, 긴장을 풀고 싶은 나머지 노점을 돌아다니면서 캔맥주를 세 개나 마셨습니다. 두 살 위이며 대학생인 그는 익숙한

듯 다섯 개를 다 마셨는데 마실수록 명랑해지고 나를 실
컷 웃겼습니다. 처음 입은 유카타는 걷기 불편했는데 그
것에도 익숙해지고, 나는 긴장감도 주저함도 없이 그의
손을 잡았다 놓았다 할 수 있었습니다. 평소 조용한 그와
는 대화를 이어가기가 어려워 분위기가 어색해지는 일이
자주 있었지만 좋아하려고 노력한 사람이었습니다.

　술에 취한 탓도 있었겠지만, 그 앞에서는 자연스럽게
행동하려고 노력을 하지 않아도 자연스럽게 있을 수 있
다는 행복감에 잠겨 있었습니다. 단지리 행렬 주변의 떠
들썩함에서 도망치듯이 경내로 들어가 한가롭게 걷고 있
던 우리는 화톳불 뒤에 있는 작은 기둥문에 눈길을 가두
었습니다. 화톳불을 돌아 기둥문 아래 서서 새전을 던졌
습니다. 그가 고리 던지기라도 하듯이 하나씩 던진 동전
중 다섯번째 동전이 새전함 밖으로 빗나갔습니다. 그는
킥킥거리면서 내 손을 끌고 새전함 곁으로 돌아갔습니
다. 그가 나의 주저함을 조금이라도 눈치챌까봐 두려워
서, 나는 그에게 몸을 바짝 붙이고 따라갔습니다. 경내에
들어섰을 때부터, 모처럼 깨뜨린 껍질을 땅거미와 정적
이 다시 가두어버렸습니다. 빗나간 새전은 화톳불이 비
추는 곳에는 없었습니다.

"도대체 얼마를 던진 거예요?"

내 목소리는 높게 들떠 있었습니다.

"오백만 엔짜리."

이나리 신사와 에비스 신사 사이의 네모난 공간의 어둠을 들여다보면서 그가 대답했습니다. 나는 잡힌 손에 강한 힘이 가해지는 것을 느끼면서 소리를 내고 웃었습니다. 어둠 속에 끌려가면서도 계속 웃었습니다.

"……오백만 엔짜리는?"

길고 어색한 입맞춤을 한 후, 그의 손이 유카타 옷깃 안으로 들어오는 것을 막기 위해 나는 간신히 말을 하고 몸을 뗐습니다. 그는 작게 신음 소리를 내면서 나를 힘껏 끌어당겼습니다. 내 심장도 꽤 힘차게 뛰었지만, 그의 고동이 가슴을 손바닥 두툼한 부분으로 밀어치듯이 쿵쿵 울리는 것을 느낄 수 있습니다. 나는 그가 너무나 사랑스러워서 입맞춤을 하려고 했습니다. 그러나 그 기운도 한순간에 지나지 않았습니다. 꽤 길게 느껴지는 시간, 그의 손이 옷깃 안으로 들어오기를 몸을 긴장시킨 채 기다렸습니다. 뻣뻣한 손가락이 겨우 가슴을 더듬기 시작했을 때 옆구리가 실룩실룩 두 번 경련했습니다. 손가락은 놀라서 움찔, 하고 들어갔습니다. 우리는 입맞춤하는 자세로 가만히 서로 껴안고 있었습니다. 이대로는 두 사람 사이가 서먹서먹하게 되어버린다. 그도 틀림없이 그렇게 느꼈을 것입니다. 그래서 자갈을 밟는 소리가 나고, 새전함 앞의 인기척에 놀라 몸을 뗐을 때는 내심 마음이 놓였습니다. 참배객이 돌아가자 그는 혼자서 밖으로 나가 슬쩍 주변을 둘러본 다음 나를 불렀습니다. 우리는 손을 잡고 경내를 걷기 시작했습니다. 사람들이 거의 없었습니다. 단지리가 신사 안으로 들어갈 때 장단을 맞추는 북소리 등이 희미하게 들려옵니다. 비틀비틀 걷고 있던 그가 갑자기 손에 힘을 주고 한 방향으로 나를 이끌었습니다. 사무소에서 대각선 방향으로 신락전(神樂殿)이 있고, 옆의 후미진 곳에는 담을 따라 단지리 창고가 있습니다. 그 앞에는 커다란 녹나무가 자리잡고 있고, 우리가 걸어가는 방향에서는, 종횡으로 뻗어난 나뭇가지와 잎에 가려 창고도 담도 안 보입니다.

여름 축제에 깊이 관여하고 있던 시절에는 창고에서 단지리가 끌려나오는 것을 말 등처럼 생긴 녹나무 뿌리에 걸터 앉아 설레는 마음을 애써 누르며 지켜보곤 했습니다. 신락전 앞까지 와서 일단 멈춰 섰습니다. 그는 녹나무를 슬쩍 보더니 내 손을 놓고 다가갔습니다.

“이리 와. 여기서 쉬자.”

어른 팔로 두 아름이나 되는 녹나무 둘레를 한 바퀴 돈 후, 그는 나를 불렀습니다. 나는 순간 가슴을 스쳐간 작은 그림자를 가슴 한구석에 쫓아보내고 그에게 갔습니다. 줄기에 금줄이 쳐진 녹나무의 범하기 어려운 신성함을 두려워했기 때문은 아닙니다. 작은 그림자란, 피부를 못으로 할퀸 것 같은, 빨간 이미지가 되어 남은 오래된 기억입니다. 그를 향해 걷기 시작했을 때, 조금 머리를 짜면 정확하게 기억을 해낼 수도 있었겠지만, 나는 안 했습니다. 아홉 살 때입니다. 매미 소리가 시끄러운 여름 축제의 다음날 아침, 어린이회에서 자발적으로 하던 신사 청소중에, 녹나무와 담 사이의 이 미터쯤 되는 곳에 여자가 엎드려 쓰러져 있는 것을 몇 명의 아이들이 발견했습니다. 몸에 꼭 달라붙는 흰바탕에 빨갛고 커다란 장미 무늬가 그려진 원피스는, 옷자락이 장딴지까지 구김살 없이 닿아 있었고, 반짝거리는 빨간 구두가 눈길을 끌었습니다. 한 아이가 어른을 부르러 가자 잠시 후에, 얼굴을 가리고 있는 긴 머리를 “치우고 한번 볼까?” 하고 누군가가 말했습니다. 그 말에 대한 대답처럼 다른 목소리가 “죽었는데?”라고 중얼거리자, 우리는 일제히 세 걸

음 정도 뒷걸음질치고, "그만 해" "그런 소리 하지 마"라
고 제각기 말했습니다.

갑자기 쏴 하고 커진 매미 소리가 공기를 휘저었습니
다. 쓰러진 여자가 얼굴을 약간 들었다가 멈춘 다음 다시
천천히 얼굴을 들고 이쪽을 향했습니다. 눈을 반쯤 감은
하얀 도자기 같은 얼굴의, 베인 상처 같은 가볍게 벌린
빨간 입술에서 푸르스름하고 엷은 연기가 뿜어나오는 걸
본 사람은 나만이 아니었습니다. 여자는 천천히 몸을 일
으켜 다리를 모아 옆으로 하고 앉더니 갑자기 의식이 뚜
렷해졌는지 주위를 두리번거리기 시작했습니다.

"괜찮으세요?"

리더 격인 여자아이가 물었습니다. 여자는 옷에 묻은
얼룩이라도 찾는지 손으로 자기 몸을 여기저기 더듬었습
니다. 그러다가 아아, 하고 납득한 듯 중얼거리고 힘없이
웃다가 일어서려고 했습니다. 그런데 다리에 전혀 힘을
줄 수 없었는지, 마침 그때 도착한 어린이회 책임자 두
명에게 안기어 일어나더니 훌쩍훌쩍 울기 시작했습니다.
도막도막 짜내는 소리가 너무나도 애달퍼서 나는 나도
모르게 귀를 막아버렸습니다. 우리는 여자가 끌리다시피
따라가는 것을 지켜보면서 엷은 연기를 봤냐는 둥 소곤

소곤 이야기했습니다.

누군가가 그 여자는 어디의 아무개라고 중얼거리는 게 들렸습니다. 리더 격인 여자아이가 그 말을 한 아이를 꾸짖고, 모두에게 입 밖에 내지 말라고 주의를 주고 우리들은 곧 해산했는데, 주소나 이름은 잘 못 알아들었지만, 고등학교 삼학년이란 말만이 내 귀에 남아, 꽤 어른스러워 보이는 여자라고 신기하게 생각하며 감탄했습니다. 그후에 그 여자에 대한 소문은 몇 번이나 들었을지 모르지만, 나는 푸르스름한 엷은 연기를 뿜어낸, 베인 상처 같은 빨간 입술이 오래된 기억 속에 희미하게 남아 있을 뿐, 그 외에는 거의 잊어버렸습니다.

그의 손에 이끌려 녹나무와 담 사이에 섰을 때, 어떻게 하면 그를 만족시켜줄 수 있을까 하는 생각밖에 없었습니다. 그것은 나에게는 상당한 부담이었던 모양입니다. 녹나무 줄기에 등을 기대고 선 나에게 그가 입맞춤을 했습니다. 내 입술은 속상할 정도로 떨리고 있었습니다.

"추워?"

그가 놀리듯이 물었습니다. 나는 억지로 웃고 목이 마르다고 대답했는데 쉰 목소리가 되어 나왔습니다. 고개를 갸우뚱하는 그에게 맥주가 마시고 싶다고 말을 바꾸

어 다시 대답했습니다. 그는 알았다는 듯이 웃음을 짓고,
사올 테니 기다려, 여기서 마시자, 라고 말하고 가려고
했습니다. 같이 가겠다고 그의 팔을 붙잡았는데, 그는 금
방 올 테니 기다리라며 내 손을 놓았습니다. 왜 그랬는지
이상합니다만, 그때 억지로라도 따라가지 않았던 것을
나는 한 번도 후회한 적이 없습니다. 후회나 분노 같은,
그런 흔한 감정은 왠지 그때 그 감정에 어울리지 않은 것
같습니다. 그렇게까지 서두르지 않아도 되는데, 하며 오
히려 불안할 정도로 빠른 걸음으로 달려가는 그의 뒷모
습을 지켜보고 나서 나는 녹나무 밑에 한숨을 쉬고 주저
앉았습니다.

　마음이 느긋해지고 취기가 돌았나봅니다. 뺨이 뜨겁게
달아오르고 눈물도 고이기 시작했습니다. 손수건을 깔고
앉았더니 마침 굵게 솟은 뿌리의 우묵하게 들어간 곳에
끼어 오른쪽으로 그가 앉을 정도의 공간도 충분히 있습
니다. 무릎을 세워 안고 판자 울타리를 멍하니 바라보았
습니다. 판자 울타리 건너편에는, 좁은 골목길을 끼고,
폐쇄된 주형공장이 있습니다. 골목길은 지금은 못 들어
가게 되어 있지만, 내가 초등학생 때에는 통학로의 지름
길이었습니다. 그러나 삼학년 때 커다란 지네와 맞닥뜨

린 후로는 얼씬도 하지 않았습니다. 폐쇄된 공장에서 아무 허락도 없이 눌러사는, 비자의 유효기간이 지난 외국인들이 대량으로 체포되었을 때에는 이 지역의 큰 화제거리가 되었습니다. 그때는 거품경제가 한창일 때였는데, 복잡한 토지 권리 관계를 둘러싼 소문이 당시 대학생이었던 내 귀에도 들려왔습니다. 그런 일을 멍하니 생각하면서 판자 울타리 모양에 빠져 바라보는 사이에 나는 꾸벅꾸벅 졸았습니다…… 꿈, 속인 줄 알았습니다. 거의 마비된 아랫배에서 입자 같은 것이 소용돌이치고 있었습니다. 입자의 소용돌이는 아랫배를 떠나자 인두에 데인 듯한 아픔이 되어 멍석에 흘린 물처럼 순식간에 전신으로 퍼지는데, 그 상태를 나는 남의 일처럼 느끼고 있었습니다. 나는 왜 그랬을까요? 순간적으로, 이것은 가나코 언니가 당했던 일을 모의 체험하고 있는 게 아닐까, 하고 생각했습니다. 내가 여섯 살 때 갑자기 이사를 간, 우리 집 근처에 살던 가나코 언니가, 어떤 일을 당해서 동네에서 살 수 없게 됐는지를 나는 초등학교에 들아간 후에 알았습니다. 어느 날, 점심시간이 끝나도록 우유병과 눈싸움을 하는 것을 일과로 삼는 여자아이를—우유 알레르기가 아니기 때문에 선생님은 남기는 것을 허락해주지 않았습니다─한 남자아이가 놀리고 있었습니다. 빈 우유병을 여자아이 앞에서 보이면서 "바꾸고 싶지?"라며 내밀었다가 휙 도로 가져가는 것이었습니다. 어린 마음에도 유치한 놈이라고 깔보고 있었지만, 상당히 짜증이 난 여자아이가 남자아이의 손에 우유를 확 끼얹었고, 남자아이는 교실이 떠내려가도록 울어댔습니다.

"너도 정육점 누나처럼 …… 속에서 병을 깨뜨릴 테야!"

자기 책상에서 뭘 쓰고 있던 젊은 여선생이 의자를 쓰러뜨리고 달려왔습니다. 남자아이의 팔을 잡아다가 교실 구석까지 끌고 가서 작은 소리지만 엄한 어조로 야단치기 시작했습니다. 그런데 남자아이는(아! 그애는 지금 형무소에 있다고 합니다) 선생님을 들이받고 교실을 나가버렸습니다. 그때는 무슨 일인지 모른 채 너무 심한 욕설만이 기억에 남았는데, 초등학교를 졸업할 무렵에는 누구한테 들은 것이 아닌데도 어느 정도 사정을 알게 되었습니다. 개천가 빈 터에서 가나코 언니에게 그런 짓을 한 남자가 지금도 동네 어딘가에 살고 있다는 것도. ……꿈 속, 나는 심한 통증에 몸부림치면서 가나코 언니를 위해서 눈물을 흘렸습니다. 지금은 얼굴도 어렴풋하게 기억날 뿐이지만, 친절하게 대해줬던 것은 잘 기억하고 있습니다. 가나코 언니는 그때 열다섯 정도였을 거야, 어떻게 그런 고통을 견뎌냈을까? 얼마나 아팠을까? …… 몸이 크게 튀어올랐습니다. 트램펄린에 떨어져 쓰러진 것처럼 엉덩이에서 머리, 혹은 거꾸로, 반동이 가해져서 몇 번이고 튀어오르는 것입니다. 때로는 공중에 온몸이 뜨는데 그때마다 정신이 멍해졌습니다. 그런데 나는 아픔으로 하반신이 완전히 마비됐는데도 어딘가 즐기는 것 같았습니다. 갑자기 왼쪽 유두에서 불길이 분출했습니다. 나는 당황해서 손바닥으로 유두를 눌렀지만, 불길은 순식간에 손바닥을 녹이고 세력을 더하면서 십수 미터나 되는 불기둥으로 변했습니다. 몸을 조금 움직였을 뿐인데도 땅바닥에 깔려 있는 자갈에 여러 줄기의 불에 눌은 흔적이 남았고, 지저귀는 새소리에 참새려니 생각하고 쳐다보았더니, 세 마리의 참새가 순식간에 불길에 휩싸여 떨어졌습니다. 나는 기뻐서 펄쩍 뛰며 더 큰 것을 태워버리려고 주변을 둘러보았습니다. 거목인 녹나무에 주목하여 우선 금줄을 태워 끊었습니다. 그리고 밑동에 불길을 계속 퍼부어 순식간에 태워서 쓰러뜨렸습니다. 나는 환성을 올리고 기분 좋게 뒤로 벌렁 누웠습니다. 하늘을 향해 솟아올랐다가 무수히 갈라져 떨어지는 불길 끝이 마치 불꽃처럼 아름답습니다. 그런데 몸은 언제까지나 땅바닥에 닿지 않습니다. 나는 가속되는 추락감에 넋을 잃고, 사라지듯이 정신을 잃었습니다……

기절을 한 것은 한순간뿐이었다고 생각했습니다. 밑바닥이 없는 곳으로 떨어진 줄 알았는데, 전신주에 바짝 들러붙은 모양으로 서 있었습니다. 손을 놓으면 질질 끌려내려가 아스팔트로 빨려들 것처럼 몸이 무거웠습니다. 뇌수가 부글부글 끓어서 숨을 쉬는 것도 힘들었지만, 천천히 심호흡을 하면서 머리가 식기를 기다렸습니다. 좀 좋아져서 주변을 둘러보았더니 집에서 그리 멀지 않은, 많이 걸어 다녔던 길이었습니다. 왜 여기에? 천천히 기억을 더듬어보니 녹나무 밑동에서 그를 기다리다가 졸기 시작한 데까지 왔습니다. 나는 술에 취해 곯아떨어진 걸까요? 개를 데리고 가는 아주머니가 지나가면서 나를 뚫어지게 바라보는 것이 마음에 걸렸지만, 노골적으로 불쾌한 표정을 짓지는 않습니다. 내 꼴이 그렇게 엉망은 아닌 모양입니다. 큰길의 분위기, 공기의 느낌으로 아침, 그것도 상당히 이른 시간인 것 같습니다. 외박이 뭐가 나쁘냐고 자신을 달래고, 전봇대에서 떨어졌습니다. 천천히 걷기 시작하니 걸음을 옮길 때마다 아랫배에서 심장과는 다른 고동이 울려오는 것 같아서 토할 뻔했습니다. 간신히 집에 도착해서 이층에 있는 내 방에 올라가려고 거실 앞을 지나가다가, 식탁 밑에 빈 맥주병이 몇 병, 위에는 접시에서 밀려나온 구운 생선 부스러기 따위가 흩어져 있는 것을 보았습니다. 아버지는 간혹 과음하면 그 자리에서 취해서 곯아떨어졌다가 밤중에 일어나서 이층으로 올라갑니다. 기진맥진해 있었지만, 여전히 끓고 있는 머리가 몸을 움직이도록 재촉해, 빈 그릇들은 개수대에 가져다 씻고, 밥상을 닦고, 반으로 접은 자국이 나 있는 방석을 치웠습니다. 아버지가 일어나 있을지도 모른다고 생각하니 이층으로 올라갈 마음이 없어져, 바로 욕실로 향했습니다. 거울에 비친 얼굴은 창백할 줄 알았는데 뺨은 불그레하고, 충혈된 눈은 섬뜩할 정도로 생생하게 빛나고 있었습니다. 거울을 보면서 허리띠를 풀고 유카타를 발 밑으로 떨어뜨렸습니다. 노출된 가슴이 거울에 비쳤습니다. 브래지어는? 나는 손으로 가슴을 밑에서 들어올리고 내려다보았습니다. 왼쪽 젖꼭지에 피가 들러붙어 있습니다. 만져보니 바늘로 찌른 듯이 아팠습니다. 사분의 일 정도가 떨어져나갔습니다. 손가락을 떼자 아품이 가셨습니다. 다시 한번 손가락으로 만졌다가 곧 떼었습니다. 놀라지도 않고 소리를 죽이고 웃기 시작했습니다. 욕실에 들어가 샤워기를 틀고 우선 발에 묻은 모래를 씻어냈습니다. 서서히 샤워기를 위로 올려 배꼽까지 왔을 때 아랫배에서 뭔가가 두 번 크게 튀었고, 나는 못 참고 쭈그리고 앉았습니다. 아픔은 심한 산통같이 날카롭게 변해갔고 땀이 줄줄 흘렀습니다. 혹시 아픔이 방광에서 오는 게 아닐까 싶어 오줌을 누려고 했습니다. 오줌은 길게 수월히 나왔고, 몸에서 힘이 빠졌을 때, 뭔가 미끈미끈한 게 질을 빠져나와 바닥에 떨어졌습니다. 아! 소리를 지르고 들여다보았습니다. 희미하게 피가 섞인 젤리 형태의 작은 덩어리. 허리가 움찔하고 몸서리치자 작은 덩어리는 잇따라 질을 통해 떨어져 발 밑에 가로 놓인 샤워의 급류를 타고 배수구로 줄을 지어 흘러갔습니다. 배수구의 그물을 빠져나가는 데 시간이 걸린 작은 덩어리는 서로 엉켜 큰 덩어리가 되더니 잠시 후 쑤욱 빨려나갔습니다.

"으흐, 으흐, 으흐……"

나는 주저앉아 비명을 질렀습니다. 계단을 뛰어내려오는 진동과 복도를 달리는 소리가 거의 동시에 들렸습니다. 문 손잡이를 잡고 잠시 망설이더니 닫힌 문 밖에서, 아버지가 말을 걸어왔습니다.

"집에 누가 들어온 것 같더니만, 설거지를 하고 나서 목욕탕에서 사람을 부르다니. 안에 누구 있어? 마누라라면 아직 돌아오기에는 일러. 추석 차례는 다음달인데."

무슨 일이 있어도 동요하지 않는 아버지는, 어떤 경우에도 터무니 없는 유머를 연출할 줄 알았습니다. 그런 아버지에 익숙한 나는 보기좋게 응수했습니다.

"귀신이 스스로 소리를 지를 리가 있나요? 아무 일도 아니니까 방으로 돌아가세요."

아버지는 문 손잡이에 손을 얹은 채 아무 말 없이 서 있습니다. 나는 다시 한번 방으로 돌아가라고 말을 했습니다.

"어젯밤 늦게까지 늘 전화 오는 남자한테서 몇 번이나 전화가 왔다. 덕분에 한잠도 못 자다가 조금 전에 이층으로 올라갔단다. 어쨌든 연락해보거라."

아버지가 가버리자 나는 다리를 벌리고 샤워기를 질에 눌러댔습니다. 힘차게 배수구로 빨려들어가는 물줄기에 간혹 끈적끈적하고 빨간 실같은 게 섞이는 걸 언제까지나 바라보면서 소리를 죽여 울고 웃고 했습니다……

눈에 광선이 들어와 몸이 움츠러들었습니다.

"여기 있어."

광선이 얼굴에서 벗어나고 광원은 손전등이라는 것을 알았습니다. 다시 광선에 비쳐지고 누군가가 손을 내밀었습니다.

"지카야, 나와. 숨바꼭질은 끝났단다."

내민 손을 잡자 단숨에 끌려갔습니다. 그때서야 겨우 이나리 신사와 에비스 신사의 툇마루 밑에 웅크리고 있었다는 것을 깨달았습니다. 시게 오빠와 갓친이 심술기 없는 상냥한 눈빛으로 나를 바라보고 있는 게, 꿈꾸듯 기억을 더듬고 있던 나에게는 잔혹하게 느껴졌습니다.

"참배길을 몽유병 환자처럼 휘청거리며 걸어가는 걸 우연히 보고 말을 건 거야. 나중에 걱정이 돼서 시게와 같이 찾으러 온 거지. 오늘밤에는 집에 돌아가는 게 좋겠다. 데려다줄게."

갓친이 말하면서 수건을 내밀었습니다. 나는 울고 있는 모양입니다. 나는 내 손수건을 꺼내 눈언저리에 대고 짐짓 허세를 부렸습니다.

"언제까지나 저를 어린애 취급하지 마세요. 제가 몇 살이 됐는지 알기나 해요? 스물아홉이란 말이야. 그건 그렇고, 오빠들 단지리 행렬은 어떻게 됐어요? 아직 신사로 돌아가지는 않았지요?"

"벌써, 스물아홉이라니. 우리도 그만큼 늙은 셈이지. 단지리는 젊은애들한테 맡기고 왔어. 밤새 붙어 있는 것도 힘들거든…… 자, 돌아가자."

"난 아직 못 가요. 사촌 동생이 어딘가에 있을 거예요."

"그래, 알고 있어."

갓친은 고개를 끄덕이고 시게 오빠를 향해, 마와 녀석들이랑 같이 있던 아이라고 말했습니다.

"그 아이들에게 늦기 전에 데려다주도록 할 테니 걱정마."

나는 몇 년 동안이나 소원했던 두 사람이 왜 이렇게도 친절히 대해주는지 잠시 생각했습니다. 어려서부터 '큰지붕 아저씨' '북 아저씨' 라고 부르면서 따라다녔고, 초등학교에 들어가서는 어른들이 하는 식으로 별명을 부르면서, 춤과 북채 놀림을 넋을 잃고 바라보기도 하고 열심히 흉내내기도 했습니다. 두 사람은 여름 축제가 가까워지면 어디선가 나타나 단지리를 손질하기 시작하는 십여 명의 남자들 중에서도 유독 진지하게 몰두했습니다……
어쩌면, 이 두 사람은 나의 여름 축제에서의 체험을 모두
알고 있는 게 아닐까? 문득 이런 생각이 떠올라 몸서리
를 쳤습니다. 그럴 리가, 그럴 리가 없어. 나는 웃어넘기
고 싶었습니다. 그런데 눈물이 쏟아져 아무것도 안 보이
게 되었습니다.

"지카야, 정신 차려."

쓰러질 것 같은 몸을 양쪽에서 부축해주었습니다. 손
수건으로 얼굴을 닦고 코를 풀었습니다.

"괜찮아요. 혼자 걸을 수 있어요."

겨우 그렇게 말하고, 혼자서 걷기 시작했습니다. 그러
자 마음이 좀 가라앉았습니다. 잠깐 흥분했던 모양입니
다. 경내의 돌층계를 내려가 사람의 왕래가 많은 길로 나
왔습니다. 나를 가운데 두고 갓친과 시게 오빠가 따라오
는데, 지나가는 사람들이 울어서 얼굴이 퉁퉁 부은 여자
를 일행으로 여기면 두 사람이 부끄러워할 거라는 걱정
까지 할 수 있는 여유가 생겼습니다.

"갓친, 시게 오빠, 이제 됐어요. 정말 괜찮다니까요. 사
촌동생을 찾아서 데리고 돌아가야 되고요."

"그럼, 그애를 찾을 때까지 같이 있어줄께. 마와 녀석

들이 있는 데는 대충 짐작이 가거든."

갓친은 그렇게 말하고 나서 빙긋 웃었습니다. 큰길에 있는 편의점 주차장에 있을 거라고 해서 그쪽을 향해 걸어가다가, 십 미터 정도 앞에 유우와 남자아이들이 걸어가는 것을 보았습니다. 시게 오빠가 달려가서 불러 세웠습니다. 마와, 안면이 없는 축제 옷차림의 남자아이 둘이 유우를 둘러싸고 있습니다.

"지카 언니, 찾고 있었어."

유우의 얼굴은 빨갛습니다.

"얼굴이 왜 그래? 빨개졌네. 너 술 마셨니?"

나는 야단칠 생각으로 말한 게 아닙니다. 남자아이 하나가, 갓친과 시게 오빠가 있어서 긴장해서 그런지 말을 우물거렸습니다.

"단술을 조금 마셨을 뿐이에요……"

유우가 매우 친밀하게 그 남자아이 어깨를 두드리며, 네가 변명할 필요는 없잖아, 하고 소리내어 웃었습니다. 한숨을 쉰 다음 유우가 말을 계속하려는데 그것을 가로막고 시게 오빠가 남자아이들에게 말했습니다.

"얘들아, 지카를 집까지 데려다줄래? 지카가 속이 안 좋은가봐."

유우가 왜! 라며 볼멘 소리를 했습니다.

"단지리 행렬이 신사로 돌아가는 광경을 구경하고 싶은데. 왜그래, 지카 언니?"

유우는 그렇게 말하고 내 얼굴을 들여다보았습니다.

"어머, 눈이 붓고 빨개졌네. 왜 그래? 울었어?"

나는 눈을 내리깔고 고개를 끄덕였습니다. 그때는 어떻게 해서든지 유우를 데리고 집으로 돌아갈 생각이었습니다. 갓친이 남자아이들을 재촉했습니다.

"자, 빨리 갔다 와. 너희들은 바로 돌아와서 단지리 탈 준비를 해야지? 그럼 부탁한다."

남자아이들은 시원스럽게, 가자, 얼른 갔다오자, 하면서 걸어나갔습니다.

남자아이 둘을 앞세우고 유우는 내 오른쪽에 나란이 서서 걸어가며 괜찮으냐며 자꾸 내 얼굴을 들여다봅니다만, 왼손은 뒤에서 걸어오는 마의 손을 잡고 있습니다. 가끔, 마가 손을 간질이는지 유우가 킥킥거립니다. 나중에는 유우가 "마, 그만 해"라고 소리를 지르자, 앞에 걸어가던 남자아이 둘이 뒤를 돌아다보고 마! 나중에 보자면서 노려봅니다. 마음 약한 마가 당황해하며 얼른 손을 놓는 모습이 우스워서, 나는 입을 막고 소리 죽여 웃었습니다. 그리고, 유우가 딱하게 생각됐습니다. 이렇게 귀여운 남자아이들을 위험하다고 생각했던 내가 잘못이라는 생각조차 들었습니다. 집까지 얼마 안 남은 곳에서 시계를 보았습니다. 아홉시 반입니다. 멈춰 서서 가방을 뒤집어 집 열쇠를 찾아 유우의 손에 건네주었습니다.

"많이 좋아졌으니까 이젠 괜찮아. 가봐. 지금 가면 신사로 돌아가는 단지리 행렬을 구경할 수 있을 거야. 내일은 바다에 가야 하니까 열두시까지는 꼭 돌아와야 해. 그것만은 지켜야 된다."

남자아이들에게 둘러싸여 튀듯이 사라지는 유우를 보내고 나서 혼자가 되자, 갑자기 바람이 차게 느껴지면서 뒷목이 뻐근하게 아파왔습니다. 그런데도 얼굴은 화끈거리고 코가 막히고, 눈물이 고입니다. 비틀거리다가 술가게 앞의 자동판매기에 손을 짚었습니다. 우리집이 보이는 모퉁이는 바로 코앞입니다. 그곳까지 거리가 몇 걸음쯤 될까 대충 재어보고 발 밑을 보며 한 걸음 한 걸음 세면서 걸어갔습니다. 모퉁이를 돌아 집의 불빛이 보이자 고였던 눈물이 방울이 되어 떨어졌습니다. 어떻게 집에 닿았는지 모릅니다. 현관 미닫이문 앞에 쓰러지듯이 손을 짚고 울고 있는데 잠시 후 아버지가 문을 열어주었습니다. 문을 연 아버지는 뭔가 말을 걸었는데 별로 우습지 않은 농담이었는지, 조용히 내가 토방에서 복도로 올라가는 것을 그냥 바라보고 있었습니다.

아버지는 유우가 벌써 나라에 돌아간 줄 알았습니다. 여름 축제 전날 잠깐 얼굴을 보았을 뿐이라 당연합니다. 내가 잘못한 겁니다. 식은땀에 불쾌감을 느끼며 새벽 네 시쯤에 잠이 깼다가 동틀 무렵까지 침대에서 꾸벅꾸벅 졸면서도 방바닥의 이불 속이 비어 있는 걸 전혀 몰랐습니다. 다시 잠이 깼을 때, 유리창 너머로 보이는 하늘이 잔뜩 흐려진 것을 보고, 날씨가 이러면 비가 오겠다, 바다행은 중지가 되겠다고 안심하고 다시 자려고 했습니다. 벌떡 몸을 일으켜 방바닥의 이불을 보고 시계를 보니 여덟시 반이었습니다.

나중에, 나는 그날 밤 유우와 함께 있던 남자아이들 중에서 어렸을 때부터 알고 지내 어느 정도 본심을 들을 수 있는 마와 다쓰노부에게 따로따로 이야기를 들었습니다. 동네 남자아이들한테 기가 막히기도 하고 화가 나기도 하고, 그야말로 어처구니없다는 생각이 들었습니다. 여름 축제의 절정을 이루는, 신사로 돌아가는 단지리를 서른 명의 남자들이 어깨에 메고 기둥문 밑을 지나갑니다. 이 일에는 핫피를 받은 모든 남자들이 참가해야 하는데, 마만이 유우와 함께 있기 위해 무리에서 무단으로 빠졌습니다. 그때 무엇을 하고 있었는지, 가늘고 잘생긴 코가 자주색으로 부은 마가 코가 아픈지 콧망울을 벌름거리며 이렇게 말했습니다.

"좀 떨어진 데서 단지리 행렬을 지켜보고 있었어. 그리고 나서 빙수를 먹고, 다쓰노부와 다른 아이들을 찾아서 여기저기 어정거렸어. 정말이라니까."

그 이야기를 들은 다쓰노부가 어깨를 으쓱 치켜세우고 소리내서 숨을 들이쉬었다가 천천히 내뱉었습니다.

"이놈은 아무래도 이 정도 맞은 걸로는 부족한 모양이로군. 둘은 단지리 행렬이 신사로 향할 때 곧 사라져버렸어. 그걸 본 사람이 몇 명이나 있단 말이야. 축제가 끝날 때까지 단지리 창고 뒤에 계속 있었던 모양이야. 그건 그렇고, 지카 누나한테 이런 이야기 하긴 싫지만, 그 사촌 동생, 여간이 아니더라구. 뒷정리가 끝나고 열두시쯤부터 무리를 지어 놀고 있었는데, 거기서 내가 마와 옥신각신하는 사이에 다른 남자애랑 몰래 빠져나가 어디론가 가려고 했어."

나는 거기서 말을 막고 말했습니다.

"그때 경찰이 왔지? 너희들, 각성제를 마시고 있었기 때문에 황급히 도망간 거지?"

다쓰노부는 알고 있었구나 하는 표정으로 쓴웃음을 지었습니다.

"다들 잽싸게 도망가더라구. 사촌동생은 마와 같이 신사 쪽으로 뛰어갔어. 그렇지만 마는 경찰이 무서워서 곧 집에 간 모양이니까, 그애, 지나가는 남자한테 걸려든 거 아냐? 그애는 그런 계집애야."

축제가 끝난 뒤, 다쓰노부와 아이들은 유우와 다른 두 명의 여자아이를 포함해 열 명이 함께, 신사의 두 갈래길 뒤에 있는 파란 시트로 덮인 개축중인 집으로 몰래 들어갔습니다. 가지고 들어간 맥주나 캔 칵테일을 마시고 있을 때는 그래도 괜찮았습니다. 그러다가 교대로 바깥에서 망을 보고 알루미늄 호일 위에 올려놓은 각성제를 라이터불로 구워서 빨아들였습니다. 유우는 골치아픈 일이 벌어지겠다고 생각했답니다.

"각성제는 친구가 갖고 있는 걸 본 적이 있어서 놀라지 않았지만, 도중에 따라온 중학생 여자아이가 익숙하게 들이마시는 걸 보니 확 깨더라고. 뻔하잖아? 맥주를 마

서서 꽤 술에 취한 상태였고, 이제 슬슬 집에 가야겠다고 생각했는데, 다쓰노부가 마한테 시비를 걸기 시작했어. 나는 빠져나가려면 지금밖에 없다고 생각하고, 망 보는 걸 교대하러 나가는 남자아이를 따라나갔어. 그랬더니 눈치 챈 다쓰노부가 내 손을 잡아끄는 거야. 말리려고 한 마가 얻어맞았어. 다들 술에 취한 상태였기 때문에 웃고 있었지만, 밖에서 경찰이다, 라는 소리가 들리자 후다닥 도망치기 시작했어.”

그로부터 사흘 후, 어느 정도 안정이 됐을 거라 생각하고 전화한 나에게 유우는 또랑또랑하게 이야기했습니다. 그러나 도저히 납득이 안 가는 내용이었습니다. 나는 다시 한번 이야기를 들으러 마에게 갔습니다. 마가 울상을 지으며 띄엄띄엄 이야기를 했습니다.

“다들 각성제를 들이마셨는데, 나는 안 했어. 학교에서 비디오를 보고 무섭다는 걸 알고 있었거든. 이가 다 빠지고 죽은 사람처럼 되잖아. 그렇지만, 남이야 뭘 하든 상관 없고, 나한테 그걸 하라 마라 할 권리도 없었으니까, 그런 자리에서는 늘 가만히 있어야 해. 안 그래? 내 생각이 틀렸어? 그런데 어디서 온지도 모르는 중학생 여자아이가 들이마시기 시작하자, 유우가 이걸 흡입하면 어떻게 되는 거야? 하면서 얼굴을 내밀고 흡입하기 시작했어. 나는 기분이 상했어. 하지만 아무 말도 안 했어. 유우는 나하고, 내 반대편에 앉아 있는 남자아이의 목에 한 팔씩 두르고 떠들기 시작했어. 그것도 유카타를 입었는데 책상다리를 하고 앉아서 말이야. 팬티가 보였어. 그러자 다쓰노부가 싱글거리면서 나하고 유우를 향해 너희들 단지리 행렬이 신사로 돌아 들어갈 때 어딘가에서 재미 보고 있었지? 라고 하는 거야. 난 아니라고 했는데 유우는 웃기만 하고 아무 말도 안 했어. 그러자 다쓰노부가 느닷없이 일어나서 나도 한번 하자며 바지 벗는 시늉을 했어. 유우는 웃으면서, 누구랑 하는지는 내가 결정하는 거야, 안 그래, 마? 하면서 내 어깨에 머리를 기댔어. 다 쓰노부의 얼굴이 일그러지는 걸 본 순간, 난 코를 한 방 얻어맞고 쓰러지고 말았어. 다쓰노부가 유우의 손을 잡 아끌고 안에 있는 방으로 가려고 했는데, 다른 남자애들 이 나도, 나도, 하면서 몰려가는 모습은 안 봐도 잘 알 수 있었어. 유우가, 알았어, 알았다니까, 이 손 놔. 하지만 한 사람만이야, 라고 하자, 남자아이들은 가위바위보를 했어. 이긴 애한테 유우가 여기서는 싫으니까 밖으로 나 가자고 하자, 다른 애들이 바보 같은 소리 마, 아까 한 가위바위보는 차례를 정한 거라면서 모여들어 유우를 안에 있는 방으로 끌고 가려고 했어. 그러면서 옥신각신하는데 경찰이 왔다는 소리가 밖에서 들리는 거야. 다 뒷문으로 빠져나가 뿔뿔이 헤어졌는데, 나하고 유우는 신사 쪽으로 달려갔어. 유우는 뭐가 재미있는지 킥킥거리고 웃었어. 그렇지만 유카타에다 나막신을 신고 있으니 달리는 게 느릴 수밖에. 난 기다릴 수가 없어서 먼저 뛰어갔어. 모퉁이를 돌아가면서 뒤를 돌아보니 유우는 서서 유카타의 흩어진 옷매무새를 고치고 있었어. 그리고 나를 보고 손을 흔들었어. 난 조심하라고 말하고는 다시 뛰어갔어. 나중에 들었는데, 순찰차가 그냥 지나갔다며? 그래도 그때는 경찰이라는 말만 들어도 어찌나 무서웠는지…… 정말 무서웠어…… 유우, 아침에 집에 들어갔지? 그후 어떻게 시간을 보낸 걸까? 다쓰노부랑 다른 아이들이랑 만나서 같이 있었을까? 난 유우가 여기서는 싫으니까 바깥으로 나가자고 했을 때, 속으로는 도망칠 생각을 했을 거라고 믿고 있어. 그렇지, 지카 누나? 유우는 그런 아이 아니지?"

마는 급기야 눈물을 주르르 흘리며 울었습니다. 이렇게 마음이 약하고 상처받기 쉬운 아이인 줄은 몰랐습니다. 나는 마를 끌어안고 싶은 충동을 애써 참으며, 머리에 손을 대고 천천히 쓰다듬어주면서 그래, 유우는 그런 아이가 아니야라고 말해주었습니다.

그날 아침, 나는 아무것도 모르는 상태였습니다. 서둘러 일어났을 때, 아버지는 이미 일하러 나간 후였습니다. 머리가 혼란한 상태에서 옷을 갈아입고 아래층으로 내려갔습니다. 이를 닦고 세수를 하고 나니까 조금 정신이 들어, 우선 마지막에 같이 있는 것을 보았다는 마한테 물어보고 싶은데, 이미 학교 수업이 시작되었으니 쉬는 시간에 맞추어 가볼까, 하는 생각까지 곰곰이 했습니다. 다른 방법은 전혀 떠오르지 않았거니와 학교가 여름방학이라는 것조차 까맣게 잊고 있었으니 도무지 제정신이 아니었던 것입니다.

현관에서 무슨 소리가 났습니다. 복도를 미끄러지듯 달려가 현관 문턱에 섰을 때, 문이 열렸습니다. 나는 어떤 표정을 지으면 좋을지 몰라서 굳어진 채 웃고 말았습니다. 그러나 유우는 내가 보이는지 안 보이는지 바보처럼 반쯤 뜬 눈을 두리번거리며 문턱에 앉았습니다.

"지금 몇신지 알기나 해?"

차분하게 물어볼 생각이 아니었는데 입을 여니 나도

모르게 따지는 말투가 튀어나와 섬뜩했습니다. 유우는 울적한 표정으로 나를 보더니 "땀범벅이 됐어. 샤워 좀 해야겠어" 하고 복도로 올라섰습니다. 비교적 확실한 걸음걸이로 복도를 건너서 욕실에 들어간 것을 확인한 다음, 조용히 뒤를 쫓아갔습니다. 유우는 허리띠를 제대로 풀지 못하고 끙끙거렸습니다. 나는 아무 말 없이 등뒤에 서서 거들어주면서 물어보았습니다.

"화 안 낼 테니, 바른 대로 말해줘. 어젯밤에 어디 있었니?"

유우는 갑자기 웃기 시작했습니다.

"그게, 기억이 없단 말이야. 마하고 신사 근처에 간 것까지는 알겠는데 거기 앉아서 잠이 온다 싶었는데, 일어나보니 아침이었어."

"그게 도대체 무슨 얘기야? 술이라도 마셨니? 어쨌든 마하고 같이 있었던 건 분명한 거지?"

"아니, 아마 아닐 거야. 헤어진 건 희미하게 기억하고 있거든. 누군가와 같이 있었던 것 같긴 한데, 누구지? 하하, 모르겠어."

가까이 다가가니 시큼한 입냄새에 섞여 약간의 술냄새가 났습니다.

"너, 술 마셨니?"

"그러고 보니, 맥주를 마셨나봐. 그래, 좀 취했던 것 같아. 아아, 머리에 안개가 끼었어."

나는 유우의 유카타를 벗겨 뒤로 돌아 개키기 시작했습니다. 유우는 속옷을 벗고 욕실로 들어갔습니다. 샤워기를 트는 소리가 나고 곧 앗, 하는 짧은 비명에 이어서 날카로운 웃음소리가 욕실에 울려 퍼졌습니다.

"하하핫, 하하핫, 하하핫, 하하핫."

나는 깜짝 놀라 욕실 문을 열었습니다. 유우가, 웃고 있는데 눈물을 뚝뚝 흘리며 아랫배를 가리키고 있습니다.

"지카 언니, 이것 봐. 없어."

나는 눈을 크게 떴습니다. 유우의 손가락 끝에, 내 기억에 뚜렷하게 남아 있는 메추라기 알 크기의 음모가 사라지고, 매끈하게 갈라진 틈이 엿보입니다. 유우의 손가락에서 아랫배로 떨어지는 물방울이 그곳만 반짝반짝하게 닦아낸 듯한 작은 타원을 우회하며 흘러가는 것을 보고 나는 놀라서 숨을 죽였습니다.

"이상한 꿈을 꾸었다고 생각했는데, 이거였구나. 아아,

남자친구한테 혼나겠다!"

 유우는 그렇게 말하고는 쭈그리고 앉았습니다.

"왜 그래? "

나는 유우의 등에 손을 얹었습니다.

"배가, 배가 아파……"

"배가? 배 어디가 어떻게 아픈 거야?"

"뱃속에 뭐가 있어. 뭔가…… 나올 것 같아……"

나는 유우의 등을 어루만져주면서 그 감각, 눈에 움푹한 막이 쳐져 가까이 있는 것이 점점 멀어져가는 듯한 감각을 느꼈습니다. 그렇지 않았다면 나는 견디지 못했을 겁니다. 무의식적으로 바닥에 떨어져 있는 샤워기를 손으로 더듬더듬 주워 유우의 가랑이에 갖다 댔습니다. 그리고 유우의 어깨에 얼굴을 묻었습니다.

"자, 힘 빼. 괜찮아, 걱정 마. 다 끝난 일이야."

유우는 작게 끄덕였습니다. 나는 소리 없이 입 안에서 그 말을 되풀이했습니다. 그 말은 아마 내 자신을 향한 격려의 말이었을 것입니다.

역자 후기

오사카에서도 특히 재일 한국인이 많이 거주하고 있는 이쿠노에서 태어나 자란 현월은 "재일 한국인이라는 사실을 있는 그대로 자연스럽게 받아들"이는 작가이다. "재일 동포들의 지나간 고난의 역사를 그려야 한다는 사명감에 차 있"(『그늘의 집』 작가 인터뷰 중에서)지만 그는 이전 작품을 통해 인간의 보편성을 그리고 싶어했다.

『나쁜 소문』은 2000년 상반기 『그늘의 집』으로 아쿠타가와 상을 수상한 재일 한국인 작가 현월의 두번째 작품집이다. 수록된 작품은 표제가 된 「나쁜 소문」과 「땅거미」 두 편이다.

「나쁜 소문」은 재일 한국인과 일본인이 함께 살아가는

공동체 속에서 '뼈다귀'라고 불리는 남자를 둘러싼 갖가지 소문에 대한 이야기이다. 범죄가 난무하는 공동체 속에서 '뼈다귀'는 모든 악의 근원임과 동시에 모든 악을 초월한 존재로 살아간다. 그는 범죄의 냄새조차 원초적 생명력으로 탈바꿈시킬 정도로 강인한 성격의 소유자이다. 그러나 작가는 단순히 인물상을 구현하는 데 그치지 않고, '소문'에 열중하고 '소문'을 즐기는 공동체 구성원들의 집단적 악의를 통해 생은 다름아닌 거짓과 속임수로 가득 찬 개개인들의 목소리이며, 그 목소리는 공동체라는 이름하에 교묘히 은폐되고 면죄받는다는 사실을 말하고 있다. 그리고 이 사실을 직시하게 될 때, 우리는 어느 사회에서나 존재하는 편견과 차별의 본질을 새삼 인식하게 된다.

「땅거미」는 오사카의 여름 축제 '덴진마츠리'를 배경으로 일상과 비일상이 공존하는 세계에서의 기이한 체험을 그린 작품이다. 주인공이며 내레이터이기도 한 29세의 치카와 그녀의 사촌동생 유우가 겪는 기이한 체험은 「나쁜 소문」의 소문이 이들의 마음속에 전설처럼 살아 있으며, 그 소문이 살아 움직이고 있는 한, 그들 자신의 경험 역시 공동체 속에서의 소리 없는 소문으로 번져갈 것이라는 것을 암시한다.

　이것은 가나코 언니가 당했던 일을 모의 체험하고 있는 게 아닐까, 하고 생각했습니다…… 초등학교를 졸업할 무렵에는 누구한테서 들은 것도 아닌데 어느 정도 사정을 알게 되었습니다. 개천가 빈 터에서 가나코 언니에게 그런 짓을 한 남자가 지금도 동네 어딘가에 살고 있다는 것도.(206쪽~207쪽)

　즉, 작품집 『나쁜 소문』에 수록된 두 작품은, 서로 독립된 작품이면서도 같은 등장인물들이 재등장(물론 소문의 형태로)하고 있다는 점, 공동체와 개인과 소문의 관계라는 공통의 주제를 담고 있다는 점에서 연작의 성격을 띠고 있는 것이다. 작가는 두 작품을 통해 사회에 존재하는 모든 형태의 차별의식은 다름아닌 사회의 구성원인 개개인의 소문에 기인하는 것이며, 지금도 여전히 위험한 소문이 설화가 되고 전설이 되어가고 있음을 날카롭게 꼬집고 있는 것이 아닐까.

2002년 11월

신은주

옮긴이

신은주

1958년 서울 출생. 한국외국어대학교 일본어과 및 동 대학원을 졸업했다. 일본 오차노미즈 여자대학 대학원 인간문화연구과에서 비교문화학으로 박사학위를 취득했다. 일본 학술진흥회 외국인 특별 연구원을 거쳐 현재 니가타 국제정보대학 정보문화학과의 조교수로 재직중이다. 노마 히로시의 『어두운 그림』, 현월의 『그늘의 집』(공역) 등을 우리말로 옮겼다.

홍순애

1945년 일본 나고야 출생. 성균관대학교 사학과 졸업. 현재 나고야 한국학교 전임 교사이자 나고야대학 언어문화부 강사로 재직중이다. 현월의 『그늘의 집』(공역)을 우리말로 옮겼다.

문학동네 세계문학
나쁜 소문

초판인쇄	2002년 11월 4일
초판발행	2002년 11월 11일

지 은 이	현월
옮 긴 이	신은주 홍순애
책임편집	김이선 손미선
펴 낸 이	강병선
펴 낸 곳	(주)문학동네
출판등록	1993년 10월 22일 제22-188호

주 소	136-034 서울시 성북구 동소문동 4가 260번지 동소문빌딩 6층
전자우편	editor@munhak.com
전화번호	927-6790~5
팩 스	927-6753

ISBN 89-8281-594-5 03830

* 잘못된 책은 바꿔드립니다.

www.munhak.com